金鑫剧本集

金鑫/著

作家出版社

图书在版编目（CIP）数据

金鑫剧本集 / 金鑫著 .—北京：作家出版社，2023.7
ISBN 978-7-5212-2348-4

Ⅰ.①金… Ⅱ.①金… Ⅲ.①剧本—作品集—中国—当
代 Ⅳ.① I230

中国国家版本馆 CIP 数据核字 (2023) 第 106723 号

金鑫剧本集

作　　者：金　鑫
责任编辑：省登宇　周李立
助理编辑：李　静
装帧设计：琥珀视觉
出版发行：作家出版社有限公司
社　　址：北京农展馆南里 10 号　　　邮　编：100125
电话传真：86-10-65067186（发行中心及邮购部）
　　　　　86-10-65004079（总编室）
E-mail:zuojia @ zuojia.net.cn
http://www.zuojiachubanshe.com
印　　刷：唐山嘉德印刷有限公司
成品尺寸：142×210
字　　数：200 千
印　　张：9.25
版　　次：2023 年 7 月第 1 版
印　　次：2023 年 7 月第 1 次印刷
ISBN 978-7-5212-2348-4
定　　价：45.00 元

好电影源自精彩的文学，清澈的灵魂。

——作者

目录
Contents

尼玛·可可西里

A Burning Love in Hoh-Xil

我会舞动风马，追逐爱情的光芒……

宏远的钟声、风铃声、藏号声、转经筒声……

（镜头从十米藏号口切入，将藏号的长杆作为拍摄轨迹向前延伸，推出电影画面。）

白雪皑皑的昆仑山绵延千里，在阳光下无比的美丽，玉珠峰上的太阳霞光万丈。

镜头定格推出字幕（汉语、藏语、英语）：尼玛·可可西里

音乐起，诵经一段、二段，诵经声中藏语诗朗诵起（推出汉语、英语诗文）：……那一刻，我升起风马，不为祈福，只为守候你的到来；那一瞬，我飘然成仙，不为求长生，只愿保佑你平安的笑颜……（仓央嘉措诗）

1. 白天　晴　小型机场　全景

国际环保可可西里生态保护区飞行巡逻队指挥塔里，雷达监控员大声地喊着："报告！雪湖号巡逻机出现异常，向左偏离航道三十五度！"机队领导和皮埃尔急忙喊着："快发射指挥信号，让他立刻调整航向！"

雷达监控员大声说："皮埃尔教练，不好了，飞机正在急速下降，距地面不足一千米，不足五百米了，不足三百米了，不足一百米……"就在这时，工作人员激动地叫着："他拉起来了，拉起来了……"所有人都长长地松了一口气。

2. 白天　晴

音乐声中（主题歌《飞——太阳》）一架飞机迎着太阳飞去，在湛蓝的天空上拉了一个螺旋的翻腾。

3. 白天　晴　可可西里大场景

慢慢将镜头推向远方。

推出字幕配解说：可可西里无人区，海拔平均四千米以上，是中国最大的一片自然生态保护区，在这神秘的地方，传诵着一个非常感人的爱情故事……

4. 白天　晴

在神秘音乐声中推出画面，可可西里琴的措远景：

雪山、草原、河流，野驴、藏羚羊、野牦牛及翱翔在天空的鹰……

5. 白天　晴

万鸟翱翔的镜头，在可可西里自然保护区，每年初春3月份和4月份就会有无数的鸟类来到琴的措繁衍生息。

6. 白天　晴

更为珍稀的物种是黑颈鹤，它是唯一的高原鹤种，它们每年的繁育地都在可可西里的湖边、草滩沼泽地周边，正是因为远离了城市的人群和人为的杀戮，这里也成了鹤的天堂。

7. **画外音**：自从人们越来越关注自然环境与珍稀动物的保护之后，全世界各国都有朋友加入到这些保护工作中来，曾经的可可西里保护队伍也不再是单一的当地居民了。（剪接出无数个外国朋友的镜头。）

8. 音乐声中推出：机场远景中剪接进一份简历，推出国际环保可可西里生态保护区飞行巡逻队总教练皮埃尔的照片和他训练队员的镜头。

9. 剪接进一份简历：皮埃尔是全美著名飞行俱乐部的掌门人。插入画面：（1）青少年时期的皮埃尔经常翻阅父亲的遗物。（2）皮埃尔长大了，成为飞行高手，获过很多的飞行奖牌。

10. 剪接进一份简历，推出皮埃尔爷爷和爸爸的照片，他的爷爷是飞虎队二大队的队长，后阵亡，父亲曾是第十四航空队预警飞行员。

11. **白天　晴**
经国际组织推荐，皮埃尔沿着父亲的足迹来到中国，带领国际环保可可西里生态保护区飞行巡逻队飞翔在可可西里保护区的天空。

12. **白天　晴**
湛蓝的天空中四架飞机在天空飞翔。皮埃尔驾驶雪豹，尼玛驾驶雪狼，拉姆驾驶雪狐，第四架飞机是雪鼠。

13. **白天　晴**
琴的措畔一座小木屋（藏族风格），镜头推近，牌子上写着：可可西里国家级鸟类生态保护站。

14. **白天　晴**
一位年轻的藏族少女美朵与另一位美丽的藏族女孩子一起住在这里，美朵与同事工作的镜头。（俩人都着装藏服饰）

15. **白天　晴**
身穿藏装的美朵将一捧采来的鲜花撒在湖畔的一处山坡上，

眼睛里充满了泪水，山坡上摆放着无数块玛尼石，其中一块大石上刻着：母子冢（藏语写）。

16. 插入画面： 黄昏，美朵采集了一大捧野山花，独自献到了玛尼堆上，接下来便是她的每天功课：绕此丘顺时针转七圈，鸟儿也会围着她一同转、盘旋，一边念唱着经文一边将带来的花瓣撒在小山丘的周围，掺杂在花瓣中的糌粑、青稞粒吸引来了很多的鸟儿。

17. 插入画面、同场景： 她沿着山脊走向小山丘的顶部，一边走一边撒着花瓣，在断崖处，将最后的一捧花瓣抛向了天空。然后，她默默地挥舞着双臂做飞翔动作，鸟儿们也纷纷凌空飞起。

18. 镜头画、画外音： 多年前，美朵的父亲也在这个站里从事鸟类保护工作，是这里的老站长。一次，美朵的父亲去黑颈鹤的繁殖地巡查，在回来的路上遇到暴风雪迷失了方向，陷入泥潭，光荣地牺牲了。

19. 白天　晴
悲伤的音乐起，噩耗传来，母女俩悲痛万分，抱头痛哭。

20. 白天　晴　艺术学校　练功房
插入画面：美朵向老师递上退学申请。当时正在舞蹈学院学习的美朵毅然决然中断学业。

21. 白天　晴　琴的措畔

美朵背着背包走进了保护站顶替父亲，来到这个站上，一干就是三年，兢兢业业的她也成了这里的站长。

22. 夜晚　晴　室内

美朵和同事在认真地工作着。（着装藏服饰）

23. 白天　晴

美朵独自在湖边巡查，熟悉她的各类鸟儿簇拥着她，黑颈鹤摆动着它的长颈。（着装藏服饰）

24. 白天　晴

这时从远处传来了飞机的轰鸣声，远远看去，这架飞机机翼下挂着一条雪白的哈达，美朵欢快地往保护站跑去，无数的鸟儿在她的身边飞起。（着装藏服饰）

25. 白天　晴

尼玛驾驶的雪狼号，在保护站上空盘旋翻腾……

26. 白天　晴

保护站前的草甸上，美朵欢快地起舞，向天空挥动着丝巾，黑颈鹤也仿佛受到了感染，跑了过来，围在她的身边，与美朵一同舞动起来。（音乐起）

27. 白天　晴

蓝天中，雪狼号一个漂亮的俯冲，尼玛隔窗向美朵回了一个军礼。

28. 白天　晴

（音乐声中）天地间形成了机、人、鹤旋舞的甜美景象。

29. 画外音: 尼玛和美朵就是这样建立起了爱情。

30. 分镜头画面: 两人一块儿长大、青梅竹马。童年的尼玛、美朵在放学回家的路上，尼玛扮作雄鹰展翅飞翔，美朵追着尼玛不停地笑着，一不留神，她滑倒在路边的泥水中，"哥哥，哥哥，救我……"美朵呼唤着，尼玛忙跑过来，将美朵拽了出来，阳光卜，两个人一身泥水，坐在地上欢笑着……（着装藏服饰）

31. 夜晚　晴

两人长大后，共同的业余爱好也让他们走到了一起。排练厅里，舞蹈《鹤恋》在排练中，尼玛和美朵扮演男女主角，一同翩翩起舞，长颈相交，生死不离，让每一位在场的人动容。

32. 傍晚

日月山、日月亭是尼玛和美朵的谈心处。只要美朵休息下来，尼玛就会带着她去日月山看日落、看月出，一看就是整半晚，相拥在一起，情话绵绵。（着装藏服饰）

33. 白天　晴

保护站的日历翻到了星期五，电话铃响，旺珠向美朵指了指电话，美朵跑了过去，她知道这是尼玛给她打的电话，她接起电话，对面久久没有声音，美朵急促地问："说话啊，你为什么不说话？"等了很久，尼玛低低地说了一声："我想过来接你去看文成公主。"

34. 夜晚　晴　文成公主的塑像前
文成公主的塑像前，他们就那样相互依偎着，久久、久久没有分开，画面宁静美好令人羡慕。

35. 夜晚　晴　文成公主的塑像前
美朵靠在尼玛肩上手指着星河念叨着。突然，一颗耀眼的流星从空中拖着长长的尾巴消失在天际，她轻轻地说："一颗流星的划过就代表着又有一个人的生命离开了我们，去了另……"尼玛忙捂住她的嘴。

36. 夜晚　晴　文成公主的塑像前
尼玛低声地对美朵说："今天返航时，我遇到机械事故，幸好皮埃尔指导我排除了，不然就再也见不到你了。"

37. 插入镜头画面："雪豹、雪豹。"尼玛急切地呼叫着，"我的左发动机空中停车，飞机急速下降……"皮埃尔大声指挥着："加油，俯冲下去，再急速拉起！"飞机拉起一半时，左发动机恢复正常。
尼玛长长地松一口气说："教练，我们成功了……"

38. 夜晚　晴　文成公主的塑像前
一片飘过的云彩遮住了月亮，黑暗中尼玛说："美朵，假如有一天我死了，永远地离开你了，你会怎么办……?"
美朵眨了眨美丽的眼睛，"尼玛，你不会离开我的，假如真有那样一天的话，我会像这文成公主的塑像一样永远地站在你的身旁……"尼玛将怀里的人儿抱得更紧了。

39. 夜晚　晴　文成公主的塑像前

这时美朵轻轻地说："那假如我不在了呢，你会怎么办呢？"说完调皮地看着尼玛，尼玛笑了笑："怎么会呢，我是高危行业，你嘛就是和鸟儿们一起玩，能有什么危险？不可能的。"

美朵不愿意了，撒着娇说："不行不行，我说假如的，我都说了你也要说，你必须说给我听。"尼玛深情地看着美朵，在她额头轻轻地吻了一下，说："假如真的有那一天，我会化作一只黑颈鹤，抱着你一起扎入琴的措……"美朵目光晶莹地看着尼玛，轻轻地摇了摇头，尼玛说："怎么了？""不，我不要你扎进琴的措，我会化作一缕阳光，让你带着我，带着我们的爱，向着太阳飞……"尼玛看着美朵，轻轻地点了点头，美朵开心地笑了。

40. 白天　晴

第二天，尼玛给美朵带去很多美朵喜欢的东西，两个人把录音机音量开到最大，伴着音乐在黑颈鹤的身边一起跳着舞唱着歌。时间就这样欢快地过去。（着装藏服饰）

41. 白天　晴　国际环保可可西里生态保护区飞行巡逻队

有一天，皮埃尔教练带着一位精瘦时尚的男孩来到队里，向大家介绍："咱们飞行队又添了一位新的飞行队员，他的名字叫拉姆，拉姆可是飞行学院毕业的高才生啊，大家以后有什么不明白的问题都可以向拉姆请教。"

42. 白天　晴

巡逻机旁，飞行员们集中在一块儿，听尼玛讲课，拉姆站在一旁远远地听着。

43. 白天　晴
飞行员宿舍前篮球场上，尼玛领着飞行员们一起打着篮球，拉姆站在一旁远远地看着。

44. 白天　晴
已来队多日的拉姆感觉到所有人对尼玛都很尊重，对自己却不是很在意，他内心很不服气，想自己是堂堂现代飞行学院毕业的高才生，并不比本队培养训练出来的尼玛差，他暗自下定决心，要与尼玛较个高低。

45. 教室内　飞行训练课
拉姆仗着自己是高才生，表现得趾高气扬，论理论、讲实践，都是滔滔不绝，对皮埃尔教练还有尼玛队长都表现得有些不尊重。

46. 白天　晴
拉姆驾机在天空飞翔，翻滚动作很惊险。

47. 白天　晴 指挥塔内
皮埃尔拿着对讲机大声喊着："拉姆，你怎么飞的？！你不想活了！"

48. 白天　晴　停机坪
飞机着陆，拉姆离机后，与皮埃尔教练吵了起来："我飞得很规范，你懂什么？"皮埃尔说："你个白痴，我见过的空难比你吃过的饭还多。"

49. 白天　晴　原场景

气愤的拉姆扑了上来，被大家拦住。

50. 白天　晴　停机坪

尼玛看不下去了，撕住拉姆的衣领拉上了车，没有说话带着他到了机场角落的一处玛尼屋前（玛尼屋顶上插满了祝福签和吉祥物，拉满了各种颜色的经幡），尼玛没有理拉姆，径直走了进去，拉姆虽然很疑惑不过也跟了进去。房间里四周的墙上被墨绿色的军用网布满，上面贴着许多的老旧黑白照片，正中间有一面旗帜，还有些胸章照片，他仔细一看，发现竟然是自己最崇拜的飞虎队的旗帜和勋章，他被这些尘封已久的旗帜和照片震惊了。

51. 白天　晴

许久，尼玛的声音传来：

"当年抗战初期，陈纳德担任了中国空军总参谋长，原来的飞虎队改番号为第十四航空队，协助我们对日作战，帮助我们的空军运送战略物资穿过喜马拉雅山到国内，那就是'驼峰航线'，全长八百多公里，横跨喜马拉雅山脉，沿线山地海拔均在四千五百到五千五百米，最高海拔达七千米。从印度阿萨姆邦汀江，经缅甸到中国昆明、重庆，从尼泊尔到成都、西安、兰州等地，当时运输机飞越青藏高原、云贵高原的山峰时，达不到必需高度，只能在峡谷中穿行，飞行路线起伏，有如驼峰，这就是'驼峰航线'。

"'驼峰航线'途经高山雪峰、峡谷冰川和热带丛林、寒带原始森林，以及日军占领区；加之这一地区气候十分恶劣，强气流、低气压和冰雹、霜冻，使飞机在飞行中随时面临坠毁和撞山的危险，飞机失事率高得惊人。有飞行员回忆：在天气晴朗的时候，我们完全可以沿着战友坠机碎片的反光飞行。他们给这条撒着战友飞机残骸的山谷取了个金属般冰冷的名字'铝谷'。因此，'驼峰航线'又称为'死亡航线'。"

听到尼玛的介绍，拉姆感动得眼眶里充满了泪水。

52. 白天　晴　玛尼屋里

尼玛表情沉重地对拉姆说："你知道吗？皮埃尔的祖父就是这些队伍中二大队的队长，当年为了挡住日军对我们机队的拦截，他勇敢地率机迎了上去，把自己的生命留在了那满是残骸的'铝谷'。还有，他的父亲也曾光荣参战。一个美国人，来到这残酷的环境，用自己的青春守护着我们的家园，你有什么资格看不起教练？"说完，尼玛头也不回地开车走了。

53. 白天　晴　玛尼屋前

日照西斜，拉姆呆呆地站在玛尼屋前，望着渐渐远去的尼玛，双眼赤红。

54. 白天　晴

从那天起，拉姆对教练的态度像是变了一个人一样，但是对尼玛他还是打心眼儿里不服气，觉得自己不比他差，不论技术、理论，还有舞蹈、歌唱，这些都是自己的强项，同是年轻人，他自认为不会输给尼玛的。

55. 白天　晴　飞行队队员宿舍门口

尼玛在车上装好自己准备给美朵带去的生活物品，刚要发动车子，拉姆也跳上了车，他说："我也想去看看那个有名气的保护站。"尼玛看了看他，什么也没说，车子轰鸣着冲出了机场。

56. 白天　晴
车子"吱——"的一声停了下来，两人发现站点小屋里没有人，原来美朵她们出去放飞医治好的黑颈鹤了。

57. 白天　晴　保护站屋内
尼玛在房子里为美朵准备着带来的食物和鲜花。

58. 白天　晴　琴的措畔
拉姆闲来无事就在站点周围四处转悠，突然他看到不远处一个美丽的女孩（着装藏服饰）在一群黑颈鹤中翩翩起舞的身影，是仙女吗？他以为自己看错了，仔细看去发现并不是幻觉，他从来没有看到过这样的靓景，顿时被这种美和灵动吸引。

59. 原场景
那与黑颈鹤一起跳舞的女孩就是美朵，拉姆无法形容那美丽的面容和优美的画面，他傻呆呆地站在那里直勾勾地看着，连美朵渐渐走近了都没有感觉到。一声悦耳的声音打断了拉姆的思绪："你是谁，你怎么到这来了？"他猛地缓过劲来，才发现那美丽的女子已经到了自己面前，拉姆紧张得语无伦次，"呃……呃……尼玛……我跟着尼玛队长来的……"美朵笑了笑转身走进了站点，拉姆晃了晃脑袋，也跟着走了过去。

60. 白天　晴
美朵看到熟悉的车子，高兴地叫了声："尼玛——"尼玛从房里出来时美朵欢跳着像只小鸟扑进了尼玛的怀抱。一边的拉姆愣住了，他才知道这美丽的女孩就是尼玛心爱的人，他心里酸叽叽的，默不作声，倚着车子傻站在那里。

61. 白天　晴　原场景

从湖边取水的旺珠回来了，看见了俊小伙拉姆，走到站门口大声地说："你是飞行队新来的吧？"拉姆仿佛才醒来一样支吾着："我叫拉姆，刚从飞行学院毕业。"说着他抢过旺珠手中的水桶，两人一同走进了篱笆院。

62. 白天　晴

拉姆得上了单相思，从保护站回来之后就向皮埃尔教练和其他人打听美朵的事情，皮埃尔教练以为他是想熟悉这里的人们，就告诉了他许多美朵和尼玛的事情。美朵的同事、漂亮姑娘旺珠，看到拉姆后也一见钟情，偷偷地喜欢上了拉姆。她到机场来办事，无意听到了皮埃尔和拉姆的交谈，她敏锐地感觉到有些不对劲，她就在过道里傻傻地等着拉姆出来。

63. 白天　晴　飞行队宿舍过道

拉姆一出皮埃尔办公室，旺珠就迎了上去，"你是不是喜欢上了美朵？"拉姆支吾着……

64. 白天　晴　飞行队宿舍过道

飞行队过道里，推门刚要出去的尼玛，听到了他俩的对话，从那时起尼玛对拉姆警觉起来了。

65. 白天　晴

单相思的拉姆巡逻的时候也会将飞机开过美朵工作的保护站，也会作盘旋飞行，为的就是能看到美朵与鸟儿们一起跳舞的样子。但是，美朵从来没有出来向他挥舞丝巾欢迎、炫舞，让拉姆迷惑不解。

66. 夜晚　晴

草原上，朋友聚会，点起高高的篝火尽情畅饮着、欢歌着……

67. 夜晚　晴　篝火旁

皮埃尔教练叫道："让尼玛和他的团队为大家跳一曲！"正在大家起哄时，拉姆因为看到尼玛身边的美朵向尼玛露出灿烂的笑容，心里很不是滋味，就大声地说："不一定就他跳得好，我也可以，大家做证，看看我们谁跳得更好。"他走上前去，打了一个响亮的口哨，带着自己的团队，手里拿着木杵，自唱自跳起了木杵舞，引得大家一片喝彩。

68. 夜晚　晴　篝火旁

当拉姆舞近尼玛时，向他投去挑衅的目光。拉姆团队的音乐刚停，尼玛一拍手，带着自己的团队也进了场，跳起了藏族歌舞洗衣舞，周围的人鼓掌连连叫好。

69. 夜晚　晴　篝火旁

洗衣舞的音乐还没有完全停下，拉姆又和自己的队友上场，跳起了蒙面祭神舞，神秘又庄重，周围的人们都为他打起了节奏。

70. 夜晚　晴　篝火旁

接着，尼玛也不甘示弱，又带着团队上场，跳起了彪悍的充满力量的格萨尔王。周围的人们被他们所跳的各种舞蹈吸引，不停地叫好。

71. 夜晚　晴　篝火旁

在大家的呼唤声中，尼玛美朵两人共同跳起了现代舞，两人双目相对，含情脉脉。看着尼玛和美朵炫舞，拉姆也不甘示弱，他急忙跑出去找舞伴，他走到一身藏服的旺珠旁说："旺珠，你陪伴我下去赛一场，好吗？"对方捂着嘴笑着说："我不是旺珠，旺珠在那里……"说着指了指。

72. 夜晚　晴　篝火旁

拉姆和旺珠一起跳起了恰恰舞。那个晚上真称得上歌舞连天、美景连连。所有人的激情都被燃烧起来，歌声、掌声、欢呼声和舞动的身影充满了草原。

73. 夜晚　晴　原场景

最后皮埃尔总结式地评判："他们俩人的舞蹈跳得都非常精彩，不分高低，让我们每个人都很高兴，看来，拉姆是专门地做了准备的！"说者无心，听者有意，皮埃尔的讲话让尼玛一惊。拉姆和尼玛两人之间从那天起更是谁也不服谁。

74. 白天　晴　冬季

几个月后，天寒地冻，国际抢渡黄河极限挑战赛临近，拉姆又向尼玛提出了挑战，他说："上次的跳舞没有危险，没劲，现在正好是抢渡黄河赛的时候，你敢和我比冬泳吗？"尼玛笑了笑说："好，谁怕谁，我正想找着和你比呢！"

75. 白天　晴　冬季
周围的人都劝不住，美朵和旺珠也没有办法，大家只好跟着他俩驱车前往。

76. 白天　晴　冬季
来到抢渡黄河的比赛现场，场地里外人山人海，喇叭震天、彩旗飘扬。

77. 白天　晴　冬季
到处都是为了第二天就要开始的比赛做准备的世界各地的选手们。他们有的在做赛前活动，有的在挑选比赛用品，有的在观察水情，还有许多的教练员以及他们的后勤保障车队。

78. 白天　晴　冬季
有许多的中外媒体记者，他们在现场忙碌着组织采访。

79. 白天　晴　冬季
组织比赛的工作人员及非洲、欧洲各色各样的面孔。

80. 白天　晴　冬季
"吱吱"两声刹车，只见尼玛和拉姆只穿着泳裤从车上下来，走向了河边，每个人的手中拎着一坛白酒，高举着将酒从头顶浇了下去，"扑通——扑通——"尼玛和拉姆一个猛子跳进了冰冷的黄河。

81. 白天　晴　冬季　原场景

他们矫健的动作吸引了人们的目光，工作人员从远处边跑边喊着："这里不能下水……快停下来……"可是他俩不顾那些喊声和赶来的人群，在河水中与激流拼搏着，并驾齐驱，速度谁也不比谁慢，向对岸冲去。

82. 白天　晴　冬季　原场景

比赛的工作人员很着急，捶胸顿足，那些准备第二天参赛的运动员却被他俩带动起来了，兴奋地大声叫喊着、跳着："哥们儿，你们怎么先下去了？"随着喊声，又不时地有人跳入水中，跟着他们游。

83. 白天　晴　冬季　原场景

人们站在车顶上呼喊着："加油！加油！好样的！"教练们也加入进来，还有媒体记者们忙着调焦抢拍镜头，也在为他俩加油助威，渐渐带动了所有的人都在关注着他俩。

84. 白天　晴　冬季　原场景

美朵和旺珠在岸边也跳动着，挥着手为自己心爱的人加油。

85. 白天　晴　冬季　黄河

只见他俩的胳膊在河面上有力地挥舞着，最后，尼玛和拉姆在所有人的助威和叫喊声下齐头并进，爬上了对岸，工作人员拿来了军大衣和拖鞋，将他俩带离，追随者也陆续被带离。

86. 插入画外音：冬泳他俩又未分出胜负，由于他俩的违纪冬泳，被飞行队给予警告处分。他俩心中的不服气更加强烈了。

87. 白天　晴　冬季

没多久，琴的措畔，维修坐标回场的途中，拉姆当着所有同事的面向尼玛发出了最后的挑战。拉姆对尼玛说："尼玛，你还敢和我比试吗？"

尼玛说道："比什么？你说吧！""我要和你开车穿越可可西里！你敢吗？"尼玛笑了，说道："穿越可可西里？拉姆你也太小儿科了，这还用得着比吗，开越野车穿越这东西早被老外玩腻了。"

88. 淡入：卡塔尔拉力赛，一辆被遮挡商标的越野车，拉起沙龙。

89. 淡入：撒哈拉拉力赛，一辆被遮挡商标的越野车，呼啸而过。

90. 白天　晴　冬季　原场景

在同事的簇拥下，尼玛做了个鬼脸说："要比可以，那我们就加上一项。"拉姆说："加什么？"尼玛斜眼看了看拉姆的眼睛说道："闭关！用我们老祖宗的方式，闭关穿越！"拉姆毫不示弱地说："好，闭关！闭关我知道，不就是比不吃不喝再加上穿越嘛，我也不会怕你。"

91. 白天　晴

在神秘的可可西里，闭关流传已上千年。同事们都惊叫着说："你们真要闭关穿越可可西里呀？太危险了，能不能换个别的玩。"尼玛和拉姆异口同声："主意已定，不会再变，闭关是我们自己的风俗，玩一把怕什么？"

92.原场景

拉姆不许尼玛说话，他大声地说："哼，我们那里闭关流传已有千年了，相传松赞干布的幕僚与他的大将军俩人，在我们家跟前的山洞里闭关七七四十九天，又共同走出了可可西里，毫发无损。"

93.**淡入**：山坡上有很多的闭关洞，两个紧挨着的洞里分别坐着松赞干布的幕僚与他的大将军，在此修炼闭关……

94.**淡入**：有人将洞口栅栏上的哈达取下，两个汉子从洞里走了出来，见到太阳他们仰天大笑几声。

95.白天　晴　原场景

他们骑上了马，向拉萨奔去。

96.**淡入**：人们向他们挥手送行，望着他们的身影渐渐远去……大家突然惊呼起来，将军和幕僚化成了一对黑颈鹤，迎着太阳飞去……

97.**画外音**：尼玛和拉姆一人一段咏诵着仓央嘉措的诗篇：
（尼玛）那一刻 我升起风马，不为祈福，只为守候你的到来；
（拉姆）那一瞬，我飘然成仙，不为求长生，只愿保佑你平安的笑颜……

98. 白天　晴　冬季

两个人一边走一边吵，同事们拉都拉不开。

拉姆说："我身上流着他们的血，有什么不可以！"

尼玛大笑道："你以为只有你流着相同的血？好！那我们就定下，七天时间之内，闭关开车穿越可可西里，放弃和迟到者算认尿。"

99. 白天　晴　冬季

谁怕谁？拉姆凑近尼玛嘿嘿一笑说："认尿？认尿也太简单了吧？你如果输了我就求你一件事。"

尼玛说："求什么？你要什么东西我都给你！"大家谁也没有想到，拉姆轻轻地说了一句话，却让尼玛拔出了腰刀。拉姆说的是："你输了就把美朵让给我！"

100.　白天　晴　冬季　原场景

尼玛的腰刀被同事们夺了过去，但两个汉子仍扭打作一团。

101.　白天　晴　冬季　原场景

两个人的衣服也扯破了、帽子也打掉了、鼻子也出血了、嘴唇也肿了……精疲力竭的尼玛和拉姆愤愤而去。

102. 夜晚　车库内

尼玛在车库里准备着旅行用品。被拉开后的几天里，两个人狠狠地做好了一切准备。

103. 夜晚　车库内

拉姆在车库里准备着旅行用品。

104. 原场景

被拉开后的几天里，两个人狠狠地做好了一切准备。终于两个人同时宣布："我们准备好了。"

105. 白天　晴　冬季

休假的尼玛和拉姆两个人都做好了各种准备，将车开出了站门，吉普车顶上装了几桶油料和备胎。

106. 白天　晴

朋友们就地摆下了各种美味，高兴地吃了起来，大家相互鼓励着、拥抱着、祝福着。

107. 原场景

吃完了东西，监督员检查了两辆车子及随身物品后，做出了一个公正的手势——0：0

108. 原场景

监督员大声宣布这次拉力赛路径是：西进东出，从基地出发—托托拉林—穿过黑海—乌兰拜兴—巍雪山口—绕过可可西里湖—玉珠峰—出发点。全程共计一千六百多公里。大家可别小瞧这一千六百多公里，这道路的艰险会剥去他俩几层皮。

109. 白天　晴　冬季

皮埃尔、美朵、旺珠和同事们面部表情各不相同。美朵给临上车的尼玛颈上挂了一个平安符，拉姆接了一个信息，一看：我爱你。拉姆表情不屑地将手机合上，回过头看了看旺珠，发现旺珠头都没抬，一直打着电话。

110. 原场景

在众人的祝福声中，两辆越野车箭一般地冲了出去。

111. 白天　晴　冬季

冬季的可可西里白雪皑皑，让人辨不清方向，不知道路况，暴风雪掩盖了一切留下的痕迹，只能靠指北针和经验辨路。零下三十多度的极寒、隐藏的沼泽和泥潭时刻威胁着他俩的生命。车辆的油料补给、故障的维修、饥饿和寒冷，人的体能能坚持多久？这一切的一切考验着他们。

112. 原场景

突然车内对讲机中传来了皮埃尔的声音："祝福你们驶进了可可西里，注意安全、勇往直前！"俩人不约而同望向天空，雪豹号摇了摇机翼，向东方飞去。

113. 白天　晴　冬季的可可西里

第一天尼玛和拉姆你追我赶奔驰在可可西里，道路艰难，车速一直提不起来。每天行程不足二百公里。第一天相安无事，太阳很快落了下去，尼玛隔着车窗给拉姆打了个手势，大声说："今天夜里，我在前面领航，你跟上我。"车灯划破了夜空……

114. 白天　晴　冬季的可可西里

第二天正午，阳光下积雪融化，道路变得泥泞。拉姆超车时一不留神，滑进了泥坑，陷在那里动弹不得，他加大油门，冲了几次也没有冲出来。

115. 原场景

这时尼玛谨慎地从旁边驶过，停下了车，抓了一把冰雪塞进嘴里，绕着拉姆的越野车看了又看，然后将自己车上绞车的钢丝绳钩递给了拉姆说："挂上后，我在前面轻轻地拖一下，吃上劲儿后，你打声喇叭，咱俩一个油门就出来了。"

拉姆说："好的，谢谢。"尼玛轻轻地骂了一句："谢个屁，假惺惺。"

116. 原场景

马达轰鸣，泥浆四溅，拉姆冲出了泥坑。尼玛收好牵引绳，两辆车又飞驰向前。

117. 白天　晴　冬季的可可西里

第三天凌晨，一座黑石山挡在了路前，两辆车一前一后地停了下来，拉姆说："前面两条路，咱们走哪条？我的指北针失灵了，尼玛，拿出你的让我看看好吗？"尼玛笑了笑说："我的指北针也不动了，这里就是传说中神秘的铁坨山。"

118. 原场景

尼玛说："让我想想，几年前我在这里走错了路，转了两天才转了回来。"说着，尼玛下车向岔路口走去，他这边看看，那边摸摸，终于他找到了在树上、岩石上留下的刀痕。他大声地喊着："往左边的路上走。"拉姆的车迟迟没有发动，直到尼玛的车开动了他才开上去。

119. 傍晚　阴　冬季的可可西里

第四天北风呼啸，尼玛的车轮一不留神压在了野牦牛骸骨的牛角尖上爆胎了，风雪中，尼玛疲惫地更换轮胎，只见他一脸虚汗，双腿在不停地抖动。

120. 傍晚　阴　冬季的可可西里

就在这时，拉姆赶了上来，停下车，大灯开着，跳下车来帮尼玛换轮胎，不一会儿，在两个人的努力下，轮胎换好了。拉姆上了车，嘴里嘟囔着："又臭又硬的尼玛，你也能碰上比你还硬的家伙，扎死你。"说着一脚油门把车开走了。

121. 原场景

尼玛拦了几下都没有拦住拉姆的车，急得尼玛大声地冲着拉姆喊："你个傻瓜'爱右'，慢点开呀，前面就到'死亡谷'了……"

122. 白天　晴

第五天下午四五点钟，死亡谷，三百公里，平均海拔五千三百米。五天过去了，也不知道到底走了多远，还有多远，俩人的意识开始变得模糊，尼玛为了让自己清醒，在大腿上用专备的小刀又刺了一下。

123. 原场景　车内

拉姆为了让自己清醒，用绳子把自己的耳朵绑住吊在车顶棚上，耳朵坠得又红又肿，像个小馒头，他咬牙咬到牙齿都快裂了，嘴唇开始一层层地脱皮……俩人已经很久没有感觉到从身体上传来的知觉了，两车拉开了距离，尼玛渐渐地走远了。

124. 白天　晴　黄昏

经过可可西里湖的时候，拉姆渐渐失去了知觉和意识，车子也开得歪歪扭扭，口中默念着："饿……饿……"就在这时，他依稀看到远处山谷冲出一匹枣红马，马背上一个蒙着面的火红的身影，如同一团燃烧的火焰，从茫茫风尘中飞奔而来，追上了车子。

125. 原场景

当马与车平行时，她转过头来打着手势，示意拉姆降下车窗。拉姆挣扎着降下车窗之后，只见那娇小的右手食指猛地在他后耳处一点，拉姆就自然张开了干裂的嘴唇，电光石火之间两粒黄豆大小的药丸被另一只带着温暖的手反掌送进了口中。随着她一声口哨，枣红马驮着红衣女向大山飞奔而去。

126. 白天　晴　黄昏

两粒药丸入口之后，拉姆顿时觉得满口清香，精神大振，他猛地意识到，这不就是千百年传说中的"聚精丹"吗？据说，"聚精丹"是天然灵芝、虫草、雪莲、藏红花、鹰血、羚羊角、鹿胎、藏石等合制而成，能极大激发出身体的潜能，是藏药瑰宝，让体力恢复于弹指之间。拉姆看向那火红身影消失的地方，只记得了一双温暖的小手和那纹蝶小手的芳香，这难道是神仙给我送来的尤物？拉姆的泪水洗亮了他蒙眬的双眼，他咬了咬牙，一脚油门追了上去。

127. 白天　晴

俩人你追我赶，尼玛很是疑惑，"真他妈见鬼了，拉姆那个学生小子都快不行了，怎么又追了上来呢？"看着拉姆的微笑，尼玛沮丧极了，精神已到了崩溃的边缘，他在自己的腿上又是重重的一刀……

128. 同场景

两个人的对讲机里又传来了皮埃尔的声音："兄弟们加油，这里离终点不远了。"抬头望去飞机呼啸而去。

129. 白天　晴　可可西里

还有不到一天的行程就到终点了，在俩人都精疲力尽的时候，拉姆和尼玛俩人的车子离得更近了，隔着玻璃两个人对视了一下，轻轻地点了点头，表情是那般的真挚和友善，已消除了敌意。

130. 原场景

再往前行，俩人不约而同地发现，在那遥远的地平线上，有一行骑着自行车的人，近前一问，原来他们是六个骑行俱乐部的骑友，平时俱乐部之间互相竞争、你吵我闹、你骂我叫，最后发展成竞赛的斗殴。

131. 插画面：自行车比赛场景，不和谐动作最后发展到有人提出骑车穿越可可西里。

132. 白天　晴　可可西里

他们说："出发时每个品牌俱乐部有六个运动员参加，总共三十六人。拉力赛的前两天大家你追我赶，后来，队友们因为身体的原因无法坚持，一个又一个地被直升机紧急救护走了，现在每个俱乐部都只剩下了一个队员坚持下来。离目的地已经不远了，我们也已经到了极限的边缘，但是我们摒弃前嫌，相互搀扶，相互鼓励，向终点走去。"听到他们的介绍，尼玛和拉姆才依稀地回想起来，在他们的路途上是有很多的人为痕迹。

133. 插入镜头：青藏路旁，自行车协会迎接车辆停在那儿，等待着队员的到来。

134. 白天　晴　可可西里

他们看到了尼玛和拉姆的车停了下来，其中一个人看到尼玛和拉姆这样的比赛很震惊，感慨地说："我们这三十六个人最初也是因为相互不服而比赛，当我们的兄弟们因为无法坚持而一个个放弃比赛的时候，我们才慢慢发现只有我们放下一切，互相鼓励着、坚持着，才能把兄弟们寄托在我们身上的希望带出可可西里……"

他的话还没有说完，八个汉子紧紧地拥抱在一起。汉子们的泪水像融化的冰川一般奔腾而下。

135. 白天　晴

六个人继续骑行，看到他们这样，尼玛和拉姆被感动了，挥手与他们告别，行进中俩人相视而笑，身体里仿佛瞬间涌出了极大的能量，他们冲着自行车队员们大声喊着："我们先走一步，在机场为你们煮好了牛肉、鲜奶、糌粑，兄弟们，加油！"两辆疲惫不堪的吉普车轰鸣着冲向了前方。

136. 白天　晴　凌晨

终点处，美朵和旺珠还有队里的同事和朋友们，人山人海地等在那里，他们已远远地看到了两辆一起平行飞奔而来的越野车，所有的人都激动地叫喊着，美朵和旺珠不停地招着手，尼玛和拉姆看到了熟悉的毡房和人们，俩人都发出了难以抑制的吼叫声，犹如那发怒的藏獒令人胆寒，将油门轰到底冲了过去。

137. 白天　晴

大家都向尼玛和拉姆的车迎了过去。疲惫不堪的尼玛和拉姆从车上下来时非常狼狈，美朵和旺珠急忙上去扶住两人，尼玛紧紧地抱着自己心爱的人。

138. 白天　晴　同场景

就在这时，拉姆看到一双熟悉的有着纹蝶的小手，那双给自己带来"聚精丹"的手，这双手不是别人的，正是旺珠扶着他的手，拉姆的眼睛里充满了疑惑，嘴里嘟嚷着："难道她的马比我的车跑得还快？不可能，不可能……"

139. 白天　晴　同场景

久久久久……终于，拉姆还是被心中的温暖和感动包围了。看着曾为自己担心、保护和拯救过自己的人，这时真正发现旺珠才是自己的挚爱，两个人的双手紧紧地握在了一起。

140. 原场景

大家还以为这次依旧没有分出胜负，就在大家疑惑的时候，拉姆看见被美朵扶着站在终点的尼玛，从心中知道自己已经输了。如果没有旺珠帮忙的话，会输得更惨。

141. 同场景

只不过拉姆觉得输得值得，因为他也找到了自己的真爱——旺珠。拉姆像一头猛醒的狮子，冲到了尼玛的身旁，将他的右手高高托起，大声地喊道："尼玛胜！"

142. 同场景
随着大家的欢呼声，两个汉子紧紧地抱在了一起。

143. 白天　晴　有季节变换
通过几场比赛，尼玛和拉姆成了好哥们儿、好兄弟。

144. 白天　晴　有季节变换
此后，美朵和旺珠的感情更好了，成为很好的姐妹，经常在一起学习、一起交流、一起出游、一起跳舞。

145. 夏
尼玛和美朵开始准备起婚事，新房也装饰好了，大家都很开心地祝福他们。

146. 插镜头画面：尼玛和美朵与双方家长在一起。

147. 插镜头画面：美朵的妈妈与尼玛的父母在漂亮的藏房里喝奶茶。

148. 插镜头画面：双方家长、亲戚、朋友来看新房。

149. 插镜头画面：尼玛陪着美朵去挑选新衣（藏袍、藏饰）。

150. 白天　晴
旺珠借假期邀请休假的拉姆回家探望她的父母，两个人有说有笑地驱车而行。

151. 白天　晴　可可西里湖下游

车载音乐声中，蓝天与绿草间，牦牛群、羊群悠闲地吃着草，两只母藏香猪领着它们的十来个孩子横在路上，一打喇叭，小猪四处乱窜，大猪却不让开。

152. 原场景　车内

旺珠笑着说："拉姆，你急什么，不远了，马上就到我家了。"拉姆嬉皮笑脸地说："我急着要去看我的岳父岳母，它们挡在道上不让开，我能不急吗？我总不能像抱你一样把它们一个一个地抱开。"旺珠笑着说："拉姆，你猴急猴急的，真没出息。"笑声中，越野车继续前行。

153. 白天　晴

远处村庄，袅袅炊烟，旺珠大声地说："拉姆，快看，我们家到了。"拉姆轻轻地说："这里太美了，和你一样，我喜欢。"

154. 白天　晴　旺珠家藏房门口

旺珠对拉姆说："你先别下车，我们家有大藏獒。"拉姆说："我才不相信狗会咬自家人。"拉姆被旺珠死死地摁在车座上。

155. 原场景

旺珠使劲地按着喇叭，门旁一只硕大的藏獒跑来跑去，随着喇叭声在低声地吼叫着，她的阿爸阿妈、亲戚朋友们都迎了出来，旺珠的表弟把扑咬的藏獒紧紧地拉住。

156. 原场景

拉姆一声不吭地忙着从车上搬下礼品，被拉住的藏獒在不远处狠狠地盯着拉姆。

157. 白天　晴　旺珠家藏房门口
旺珠的阿妈喊着："旺尕，快去帮忙搬东西。"

这一瞬间，拉姆惊呆了，旺尕和旺珠长得一模一样，她帮着搬东西的小手上也纹着一只和旺珠一模一样的彩蝶，拉姆一愣神，呆呆地站在那里。

158. 同场景
拉姆听到旺尕嘿嘿地笑着说："怎么不记得了？受姐姐的委托，我从这儿（指了指山谷）穿过河谷进入了可可西里，你车开得太慢了，让我在那山口处苦苦地等了你一天一夜，不是我和阿爸的'聚精丹'帮你，你丢人就丢到底了。"

159. 同场景
阿妈连忙制止说："旺尕，怎么说话呢？干你的活去。"旺珠和旺尕手拉着手跑进了院子，这时拉姆才发现，她俩纹蝶的手是一左一右。

160. 白天　晴　旺珠家藏房门口
旺珠阿爸哈哈大笑，对着拉姆说："鬼丫头什么时候把'聚精丹'偷出去帮了你，'聚精丹'可是我们家的祖传秘制，几十辈人的经验，已有上千年的历史了，练功的僧人至今还在服用。"

161. 淡入：一位穿藏饰的老人攀爬在陡峭的雪山上采摘雪莲；一位老年妇女在高山上采挖虫草；一个藏族汉子在鹰的翅膀下用银针放血，将鹰血收集在很小的小瓶内，然后将雄鹰放

回天空……一个戴眼镜的老人坐在案前精心调制，案上摆放着灵芝、雪莲、虫草、藏红花、羚羊角、鹿胎、藏石等，在案角处摆着一本打开的《大清贡录》，写着"聚精丹"三百粒（太医院）。

162. 插入画面: 僧人闭关的场景（他们不吃不喝，一天只服一两粒"聚精丹"）。

163. 白天　晴　旺珠家门口
在欢笑声中拉姆与旺珠的家人一起走进了藏房。

164. 白天　晴　飞行队宿舍
从旺珠家回来，拉姆找到了尼玛，说："我要结婚了，最好咱俩一块儿办婚事。"尼玛笑着回答："好啊！一块儿办就一块儿办，就这么一言为定！"两个汉子重重地击了一下掌。

165. 同场景
听到这个好消息，同事们都围了过来为他们祝福。

166. 白天　阴
这一天尼玛和大家正在巡查队会议室开会，突然有人闯进来，大声地喊叫着："大事不好了，美朵为了救一窝被狂风掀入湖水中的小鹤，陷进沼泽深处再没出来！"话音一出，如同晴天霹雳，还没有听完，尼玛像疯了一样大吼着冲出了会议室。

167. 白天　阴
驾车的尼玛双眼布满了血丝，像发疯的狂獒一般，开车冲向了琴的措，拉姆和同事们也急忙开车追了过去。

168. 白天　阴

等到众人到了之后，只看到尼玛抱着美朵跪在湖边，日记、红色的舞鞋和尼玛妈妈送给美朵作为陪嫁的天珠散落在地上，尼玛仰天痛哭。

169. 白天　阴

所有的人都为失去美朵而悲痛，旺珠泣不成声地念叨着："美朵姐，你的好日子就要临近了，我还等着和你一起举办婚礼呢，你怎么这样就走了……"她的诉说引来一片哭泣声。

170. 湖畔　原场景

一辆越野车戛然而止，美朵的妈妈从车上哭喊着跑了下来，旺珠迎上去搀扶着老人。哭声中阿妈将美朵和尼玛紧紧地抱在怀里，久久没有松开。

171. 原场景

父辈们、同事朋友们纷纷赶了过来，人越来越多，大家都被美朵的事迹所感动。

172. 原场景

插入画面：旺珠搀扶着美朵的母亲一起痛哭的画面。（近拍纹蝶手）

173. 同场景

尼玛抱着美朵痛哭，旺尕为美朵擦去脸上的湖水。（近拍纹

蝶手）

174. 湖畔　原场景
周围，黑颈鹤和无数的鸟儿也盘旋在半空中，发出阵阵哀鸣……那哭声、那哀鸣、那撕心裂肺的"美朵……美朵……"的呼喊及黑颈鹤"嘎嘎"的哀鸣，响彻了琴的措和整个可可西里。

175. 湖畔　原场景
（音乐起）乡亲们、亲戚朋友们、同事们齐声诵经，将美朵的尸体护送回家。

176. 湖畔　原场景
拉姆等几个汉子用担架抬着美朵，尼玛紧握着美朵冰冷的手趔趔趄趄地走着，旺尕照顾尼玛同行……

177. 湖畔　原场景
湖边仅留下旺珠等人陪伴着执意不走的美朵的阿妈，美朵的阿妈老泪纵横，默默地念诵着经文……

178. 原场景
美朵的阿妈一个人静静地向湖边走去，望着这浩瀚的湖水和满天飞翔的鸟儿，她突然高举双臂，仰天大吼："这世道对我怎么这么不公平？五十年前我那当赤脚医生的阿妈，为了给难产的尕尕接生，回家的路上滑进了琴的措；五年前，美朵的阿爸为了护鹤死在了这里；今天，你又夺去了我的女儿，天哪！这让我老婆子怎么活！"

179. 插入画面　夜晚

藏房里美朵的奶奶给难产孕妇接生，满头大汗，一直到凌晨，一声婴儿的啼哭，孩子才生出来，母子平安。孕妇全家人非常感谢，又是敬奶茶，又是拿吃的东西。美朵奶奶急着回去上班，匆匆骑上了马离去，白雪遮掩了琴的措的沼泽，一不留神，马失前蹄，美朵的奶奶坠落下来，人和马旋入湖中（一只卫生箱漂浮在泥水上）。几天后，人们从湖里打捞出美朵奶奶的遗体……

180. 插入画面　风雪中

美朵的父亲背着一小袋鸟食在湖边巡查，暴风雪中一不留神陷入了沼泽……

181. 插入画面　风雨中

一窝小鹤被狂风吹进湖中，鸟巢在水面上漂浮，雌鹤在天空低旋，急切地哀鸣着，美朵径直冲入湖中，小鹤得救了，而美朵再没有出来。

182. 湖畔　原场景

喊声中，一道闪电划过了湖面，随后，那雷声地动山摇，让湖水溅起几十米高，遮天蔽日。

183. 插入画面

雷电闪过，湖水溅起，那高溅的湖水如同巨大的水幕布，突然古琴一样的水幕上隐约出现了美朵的奶奶、父亲和美朵在一起唠家常，一起在宽阔的草原上欢笑着，奔跑着……

184. 插入画面

溅起的巨大的琴状水幕布渐渐地降下去，画面中的奶奶、父亲和美朵变得越来越小，随着音乐渐渐消去……

185. 湖畔　原场景

湖畔边哀号着的美朵阿妈，随着水幕的消失瘫倒在地上昏了过去……

186. 夜晚　保护站小屋内

灯光下旺珠和旺尕在一起学习，保护站又来了一位新成员：音乐学院舞蹈专业毕业的旺尕。从那时起，人们亲切地称之为"姐妹站"。

187. 湖畔草甸上

每天旺尕都会在这儿翩翩起舞，引来无数的鸟儿。

188. 原场景

插入快闪镜头：旺尕的翩翩起舞的身影突然变换成美朵翩翩起舞的身影，又突然回放出旺尕翩翩起舞的身影，又突然转换成美朵的……

189. 原场景

每天黄昏，旺珠和旺尕都会手捧鲜花绕着小山丘转十八圈，鸟儿也随同她俩一起走上山坡……

190. 尼玛宿舍　昼夜变换

（悲痛的音乐声）美朵走后，尼玛仿佛失去了生活的希望和意义，头发蓬乱，满脸胡子，衣冠不整，茶饭不思，把自己圈在屋里，没日没夜地念叨着美朵的名字。

191. 白天

悲痛的心情影响了尼玛的飞行，他已无法再飞上天空，他所有的飞行计划全被取消了。

192. 原场景

尼玛的情绪也影响到了拉姆，他像一个泄了气的皮球，独自一人傻呆呆地坐在那里，一动不动，他没有了说，也没有了笑，没有了喊，也没有了叫。

193. 白天　指挥塔里

皮埃尔拿着对讲机急切地大声通话，对方说（英语）："这里起暴风雪，我们被困在这里了。"

皮埃尔问（英语）："报告你们的方位。"对方回复（英语）："七号地区的一个崖壁下。中方科考队员的腿摔骨折了，生命垂危。"皮埃尔问（英语）："有平坦处吗？"对方答（英语）："有，不足五十米。老皮，我们在这附近发现了'二战'美机的残骸。"

194. 原场景

皮埃尔转身对在场的所有人大声地喊着："他妈的真见鬼，他们竟然走进了七号地区，这个鬼地方只有尼玛飞过。"

195. 插入画面：暴风雪中悬崖下四个人紧紧地挤在一起（中间是摔伤的中方科考队员，外方队员挤在两旁为他取暖）。

196. 白天　指挥塔里

指挥屏幕上写着：可可西里国际科考队以鲍尔教授为主一行四人，四日前进入可可西里无人区，今天他们在七号地区遇上暴风雪，情况十分危急，请各相关部门予以救助。

197. 白天　晴　指挥塔内

大屏幕上出现画面：军车载着战士们向七号地区进发。

（淡入）

一、军车载着战士们向七号地区进发。

二、部队航空兵整装待发。

三、藏族民兵马队向七号地区进发。

198. 白天　指挥塔里

皮埃尔大声地喊着："真见鬼，暴风雪太大了，所有的救援都无法实现，四名科考队员生命垂危，看来我只好去找那可怜的小子。"

拉姆说："教练，不行让我再试着飞一次吧。"

皮埃尔说："太危险了，那个区域只有尼玛成功地降落过，可是这小子心已经死了，现在就看我怎么去复活他。"

199. 淡入：雪狼号做短距离急降成功。他兴奋地拿着对讲机喊着："教练，我在七号地区成功地降落了。"

200. 白天　尼玛宿舍

皮埃尔大声地喊着说："……那是四条人命……"尼玛也大声地回复："不去，不去，我就是不去！"皮埃尔又劝说："美朵走了，我们和你一样悲痛，可你总不能也一块儿死吧！"

尼玛又说："我正在考虑用什么方式跟她一起走……"话音未落，只见皮埃尔冲了上去，一把抓住尼玛的前襟，左右两个嘴巴，当胸重重的一拳，将尼玛打倒在地，大声道："呸！我才发现，你就是个懦夫，遇险的人们需要你去救，可你却在这里要死狗！作为飞行者，我们每分每秒都面对着死亡，如果像你这样，我早死他妈的上百次了！"说着他一把揪住尼玛的后脖领将尼玛从地上拉起来，拖到门外，大声地喊着："你就是想死，也得先把科考队员从七号地区给我救回来，然后我会再批准你去死。"

201. 原场景
骂声中，尼玛朦朦胧胧地回复着："好，我先去救人，然后再和美朵一块儿去。"皮埃尔感动得喷泪摇着尼玛的双臂说："这才算是汉子，其他事回来再说。"

202. 白天　晴　停机坪飞机旁
尼玛在前面跌跌撞撞地走着，皮埃尔、拉姆、旺珠、同事们和特地赶来的旺珠的妹妹旺尕，美丽的旺尕几次冲上去扶起尼玛，直到机旁，尼玛在大家的欢呼声中爬上了飞机，旺尕在尼玛的耳边悄悄地说了些什么。

203. 原场景
拉姆也想爬上飞机与尼玛一同去，皮埃尔一把将他拽了下来，大声地说："雪狼号后舱只能挤下四个人。"

204. 白天　晴

尼玛独自登机，驾着飞机飞向了七号地区，他把油门加到最大，飞机呼啸着飞向了天空，目标直指可可西里七号地区。

205. 白天　晴

谁想到，当飞机飞到琴的措的上空时，尼玛看到了那间熟悉的小屋，瞬间他泪流满面，他彻底地疯了……

206. 白天　晴

插镜头：尼玛眼中那熟悉的场景和声音再次出现："哥哥、哥哥，救我……"他擦去美朵脚上的泥水，用那并不结实的后背背起弱小的美朵走去。

207. 白天　晴

飞机的轰鸣声、机舱里他的放声痛哭声、琴的措周围黑颈鹤的鸣叫声混为一曲撼天的悲歌。

208. 白天　晴　指挥塔里

指挥塔的对讲机系统里传来了尼玛的痛哭声，雷达监控员大声地喊着："报告！雪狼号巡逻机出现异常，向左偏离航道35度！"机队领导和皮埃尔急忙喊着："发射指挥信号，让他立刻调整航向！"雷达监控员大声说："皮埃尔教练，不好了，飞机正在急速下降，距地面不足一千米，不足五百米了，不足三百米了……不足一百米了……"

209. 白天　晴

尼玛驾机像炸弹一样向湖中冲去，就在这最后一刻，他的耳边突然响起了美朵的声音。

210. 插入画面
夜晚中的文成公主塑像前，尼玛和美朵拥抱在一起，久久不能分开。

211. 夜空中传来：不！我不要你扎进琴的措，我会化作一缕阳光，让你带着我，带着我们的爱，向着太阳飞……

212. 白天　晴
猛醒后的尼玛头上青筋暴起，发出一声声撕心裂肺的低吼，在飞机即将冲入湖水的瞬间双手用力地拉起了操纵杆，飞机的机尾在湖面上划开一道淡淡的水痕飞向了天空，画面变为两只黑颈鹤向天空飞去，画面变为尼玛双眼不停流出的泪水在太阳光的照射下显得异常晶莹，画面变为飞机向天空飞去，画面变为黑颈鹤向天空飞去，画面变为尼玛双眼不停流出的泪水在太阳光的照射下显得异常晶莹……

213. 白天　晴　指挥塔里
指挥塔里所有的人都激动地叫着："他拉起来了！拉起来了……"人们欢呼着为尼玛叫好，皮埃尔和拉姆对拍了一下手掌，旺珠和旺尕紧紧地拥抱在了一起，人们的目光从电子罗盘上慢慢地转向了指挥塔外湛蓝的天空。

214. 原场景
旺珠和旺尕默默地为尼玛祈祷着。大家都明白尼玛在做什么，那是尼玛在把与美朵那感天动地的爱情之绢在阳光中舞动

（插入美朵持长纱巾炫舞的镜头，鸟儿在身边舞动，缕缕阳光让画面丰富多彩），用太阳炽热的火来延续他们共同的生命！镜头里，飞机旋动着太阳光飞去！

215. 太阳下的天空

诵经声响彻天空。插入画面：一个摇动着转经筒的老人（疑似美朵的母亲）独自在母子冢的雪山的山路上走着（镜头一转母子冢旁又多了一块玛尼石，上面刻着美朵冢），老人上方飞翔着一只哀鸣着的黑颈鹤，老人慢慢地向断崖走去……

216. 原场景

孤独的黑颈鹤哀鸣着在断崖上盘旋，然后向太阳飞去……

音乐响起，唱响主题歌：《飞——太阳》。（前奏诵经声响起，2段后接歌词1。）

歌词：1. 给我一双金色的翅膀，我会飞向那炙热太阳；尼玛你别对我微笑，你的炙热会将我的爱融化；尼玛我会舞动风马，追逐着你爱情的光芒。（诵经声再度响起，2段后接歌词2。）2. 给我一双五彩的翅膀，我要穿越那万丈光芒。尼玛你别对我哭泣，你的寒意会让我的心死去。尼玛我会摇动翅膀，永远伴随在你的身旁。（诵经声再度响起，1段后接歌词）给我一双金色的翅膀，我会飞向那炙热太阳。（诵经声再度响起，1段后接歌词）给我一双五彩的翅膀，我要穿越那万丈光芒。歌声中插画面：飞机翻滚着向太阳飞。转画面：两只黑颈鹤向天空飞去。转画面：尼玛双眼不停流出的泪水在太阳光的照射下显得异常晶莹。转画面：飞机翻滚着向太阳飞去。

217. 白天　晴

歌声中推出字幕，键盘声：尼玛队长成功地营救出了国际科考队的中美成员。

推出所有参演者的名单、工作人员的名单……

剧终

核！合！和！

（一）

淡入

1. 外景　室外　凌晨

日本广岛上空彩云朵朵，晴空力里，阳光明媚。

2. 外景　室外　凌晨

美丽的初秋，街道两旁开满鲜花，小鸟、蜜蜂在花丛中穿梭，大街上来往的人们。家家户户的窗户上贴满了米字形纸条。

3. 外景／内景　室外／日杂店内　凌晨

清叶家的日杂店门口，一家人在清叶父亲的带领下，在门口迎接来购物的客人。不停地有人把客人领进店里，帮客人挑这选那，递这拿那，直到送走了店里的最后一个人，才渐渐闲了下来。

4. 内景　室内　早晨

大厅里，清叶一家十几口人围坐在桌子旁准备吃早饭，菜一个一个端上了桌子。清叶父亲看着丰盛的菜肴，说道："从满洲回来我还没像今天这样高兴过，日杂店总算开张了，今天咱们都喝上两口庆祝一下。都喝两口。"

清叶父亲："清叶，你离得近，就请你去酒窖把我存在窖里的那瓶三十年的清酒给我拿来，快去拿来吧，咱们好好地喝一口！吃完饭上午接着忙活！清叶快去！"

清叶："好！爸爸，我现在就去，我就去。"身怀六甲的清叶一边挽了挽袖子，一边答应着。

5. 外景　室外　早晨

清叶吃力地走向酒窖。

6. 内景　酒窖内　早晨

清叶到了酒窖，摸索着进到酒窖。昏暗的灯光下，清叶在酒架的最顶层，找到了那瓶清酒，费力地往下拿。

7. 外景　室外　早晨

天空，白云，三架美 B29 重型轰炸机在十架驱逐机的护航下，人字形编队飞向广岛，越来越近。

8. 外景　室外　早晨

当飞机飞抵广岛上空时，B29 轰炸机改变编队，在广岛上空一字飞行。

9. 外景　室外　早晨

飞机到达市中心时，突然，居中那架长机俯冲下去，将那颗核弹"小男孩"投了下去（特技：投弹抛物线轨道，飞机反向，腹部朝上飞离），随着一声巨响，广岛被原子弹爆炸的炽光和烟云笼罩。

（字幕）

1945 年 8 月 6 日，为了尽快地结束战争，对一小撮日本军国主义极端分子施以至极的打击，美国政府不得不选择了它们，今天B29是去执行一次特殊的任务，它们将对日本的广岛实施有史以来从未使用过的原子弹轰炸。

原子弹爆炸，时针定格在了这一刻，8时14分17秒。

一股巨大的蘑菇烟云升起，火光中电影名字"核！合！和！"推出（根据金鑫先生小说《核！合！和！》改编）。

主题音乐起。

字幕：导演（待定），编剧金鑫，主演（待定），出品人金鑫等。

主题曲继续。

10. 内景　B29轰炸机内　早晨

那架投弹的轰炸机机舱喇叭里传来指挥塔台急促的指令："C状拉起来！打开加力！快！快！加力离开！你个笨蛋！快拉起来！你想机毁人亡啊？"听到指令，贝肯依照平日训练程序全力地拉动操纵杆。

11. 外景　室外　早晨

B29轰炸机机腹向上倒仰着迅速飞开。随着原子弹爆炸的这声巨响，整个广岛被原子弹爆炸的炽光和烟云笼罩了，巨大的冲击波将B29吹扫得上下颠簸。

12. 内景　B29轰炸机内　早晨

机舱内所有的人都惊呆了，贝肯余惊之后，自言自语："太恐怖了，太恐怖了……"

13. 外景　室外　早晨

随着那一声轰轰的巨响，山呼海啸，地动山摇。广岛市一片火海，到处是焦土、废墟，到处是烧焦的尸骸。

14. 内景　酒窖内　早晨

酒窖里的灯灭了，酒架倒了，存放的酒瓶碎了，酒洒在地上，酒窖中散满了尘土。清叶不知道外面发生了什么事，抱着酒，漆黑中她摸索着向窖门走去，但是窖门从外面被杂物给堵住了，她使尽了力气怎么推都推不开。

15. 内景　酒窖内　早晨

黑暗中，恐惧和不知所措的清叶呆呆地站在酒窖里，站累了就坐下，坐累了就再站起来，就这样不知待了多久多久……但是，她双手始终紧紧地抱着那瓶清酒，嘴里不停地说："全家人都在等着喝这瓶酒呢。"

16. 外景　室外　白天

救助队清理着酒窖门口外面的杂物。

17. 内景　酒窖内　白天

救助队的队员进到酒窖里，发现昏死过去的清叶。他们把她从废墟下挖了出来，救出了酒窖。

18. 外景　室外　白天

躺在担架上的清叶慢慢醒了过来，睁开眼睛，发现原来周围一切都被断壁残垣和焦土所替代，房子不见了，父母亲人也不见了。

19. 外景　室外　白天

清叶嘴里虚弱地说着什么，怀里紧紧抱着那瓶未被打破的清酒。随后，像想起些什么，一只手摸向自己的腹部，一边抚摸着自己的肚子，一边嘴里念叨着："你还在，你还在。"

20. 外景　室外　白天
野外，临时搭建的救助站。

21. 内景　室内　白天
救助站内，躺着许多染上严重放射病的人们，他们呻吟着。

22. 内景　室内　白天
清叶痛苦地躺在救助站临时搭建的床上，一名医护人员说道："这个人染上了放射病又快要临产了，很危险，快把她送到大阪市的中央医院吧。"

又走过来两名医护人员准备把清叶送走。

23. 外景　室外　白天
救护车带走了清叶，越开越远。

24. 内景　医院产房内　白天
医院产房里，无影灯下，清叶脸色苍白地躺在产床上待产。

25. 内景　医师办公室内　白天
产院的医师办公室里，几位医生拿着病历在讨论着清叶的病情。

医师甲："这是一位因原子弹爆炸感染核辐射的病人，她的病情十分严重。"

医师乙："这还是一位败血症待产妇，此次生产对她来讲很危险。"

护士甲："刚才腹内的孩子已经发生缺氧，万一……"

就在这时警铃大作，人们纷纷冲出门去，跑向产房。

26. 内景　产房内　白天

医院产房内，医护人员在忙碌个不停，时间一分一秒地过去。

27. 内景　产房内　白天

突然，一声婴儿的啼哭让人们都松了口气（主题音乐起）。婴儿的哭声让虚弱的清叶也睁开了眼睛，透露出幸福的眼神，只见她嘴角嚅动着轻声说着什么，护士近前去听，只听清叶含混不清地说着："……活着就好，我给孩子起了个名叫火锅九太郎，意思是在火锅般环境中出生。他的父亲，人们都叫他'九月霜'，就在孩子的名字里也加个九吧，叫他长大去找爸爸……他爸爸在中国的满洲呼城，是一个东北抗联的军官，名字叫'九月霜'……"

28. 内景　主治医生房间内　白天

主治医生房间内，婴儿室护士给主治医生送了病历过来，介绍道："江川教授，你负责的病婴火锅九太郎这孩子有些上肢微残，右臂内向蜷曲，右手五指病理性拳握，可初步诊断为核影响畸形。同时，孩子的母亲让把一只玉镯、一本影集和一封信放在小孩身边，请教授过目。"

江川教授双手捧着新生儿的病历认真地看了看，又翻看着影集和那封信，他一边看着信，一边心情沉重地说："罪孽啊！这是日本的罪孽！也是世界的罪孽！罪孽啊！……好好照顾这个孩子，他的情况不要告诉他的母亲，她的败血症情况很严重，根据目前的医疗技术是救不了她的，她怕是熬不过今天了。"

29. 内景　抢救室内　夜

清叶的病情恶化了，产后流血不止，血压降到了极致，怎么输血也无济于事了，接下来她发生了呼吸困难和心衰。医护人员抢救着。

抢救室里的钟表显示午夜一点多，她的心脏终于停止跳动，清叶闭上了眼，就这样静静地走了。

30. 内景　婴儿室内　夜

火钵九太郎静静地躺在婴儿室里，睡得是那样的香甜。

31. 内景　医院室内　白天

日子一天天地过去，无数好心人来看望照顾他。

32. 内景　医院室内　白天

医护人员也照顾着他，清叶的主治医生也经常过来看望他，火钵九太郎在医院里渐渐地长大了。

（字幕）

1946 年（一年后）。

33. 外景　室外　白天

火钵九太郎刚满一岁，江川教授和医院的负责人员商量着，把他和其他的几个经历相同的孩子一道送去孤儿院。

34. 内景　室内　白天

顽皮而可爱的火钵九太郎在孤儿院玩具屋忙碌着，一会儿玩玩这，一会儿玩玩那。肢体微残的火钵九太郎和小朋友们一起玩着堆积木。

35. 外景　室外　白天

火钵九太郎跑到院子里去玩，跟小伙伴们你打我闹充满了童趣，跑着跑着一没留神火钵九太郎滑倒了，他重重地跌倒了，摔疼了的他哭了，保育员忙跑过去要将他扶起来，但被院长阿奇妈妈拉住了，只见她走到九太郎身边，轻轻地鼓励着："九太郎勇敢！自己站起来！九太郎不哭！九太郎勇敢……"在她的鼓励下火钵九太郎自己爬了起来，挺起了小小的胸膛笑了。

（字幕）

1953 年（七年后）。

36. 外景　室外　白天

小火钵九太郎长大了，七年后，长大的他，还是在快乐地玩耍着。

37. 外景　室外　白天

慈祥的院长阿奇妈妈亲自开车，把九太郎送到了市中心的一所小学去上学。

38. 外景　室外　白天

阿奇妈妈开车走了，九太郎站在学校大门口望着远去的阿奇妈妈的车，跑了出去，一边哭，一边跑，一边喊着："阿奇妈妈，要经常来看我，来看我……"

39.外景　室外　白天

阿奇妈妈的车越开越远，消失在了视线中。

40.内景　教室内　白天

教室里火钵九太郎和同学们一起认真地上课。

41.内景　室内　白天

阿奇妈妈经常会像探望亲人般地到学校去看九太郎，时不时还带点儿好吃的好玩的给他。

42.内景　室内　白天

各位老师关心和爱护着九太郎，老师跟阿奇妈妈说："九太郎这孩子很懂事，学习也很刻苦，学习成绩也一直是全班第一。"阿奇妈妈欣慰地笑了。

43.外景　室外　白天

阿奇妈妈来看九太郎时，正碰到小火钵九太郎在上课，她就趴在窗户外看他在教室里认真地听课，看他那一脸天真可爱的样子。

44.外景　室外　白天

小学操场上，同学甲向九太郎喊着："支那仔、支那仔……"旁边的同学也跟着喊了起来，火钵九太郎很生气，就冲上去和小朋友打架。可是他到底太小了，在不停的扭打中，他被大孩子压在地上，浑身是土。

同学乙看向迎面走来的一个小女孩，说道："快看，鬼仔女来了。"

大家又走向小女孩，喊着："鬼仔女、鬼仔女……"

45.外景　室外　傍晚

其他孩子都走了，夕阳下的操场上，只剩下九太郎和小女孩一起哭着。

（字幕）

1959年（六年过去了）。

九太郎小学毕业了，他以优异的成绩考入了一所市名牌中学，作为战争遗孤，政府财政承担了他所有的费用。

46.外景　室外　白天

九太郎的个子长高了，一头浓浓的黑发，一张刚毅的面孔上配着一双大大的眼睛，微翘的嘴唇上长出茸茸的胡须，已成了一个小男人了。

47.内景　教室内　白天

历史课上，老师正在讲述着在广岛发生的那场悲剧。

48.外景　室外　白天

每年的8月6日那一天，九太郎都会乘车去广岛原子弹爆炸纪念馆广场，因为他已知道了那里埋葬着他的十几位亲人。在那里火钵九太郎和中学同学为死去的人们默哀。

49.外景　室外　白天

年少的九太郎听着讲解员讲述着那场灾难，在他的眼神中充满了恐怖。

（字幕）

1962年（三年过去了）。

十分刻苦的火钵九太郎又以优异的成绩高中毕业，走进了大学，他学习的是法律专业，政府财政又一次承担了他所有的费用。

50. 内景　教室内　白天

火钵九太郎和大学同学一道听着讲解，年轻的他眼睛里充满了仇恨。

随着年龄的增长，在日益增长的仇恨的驱使下，火钵九太郎开始和同学商量开始寻找着各种各样的能够复仇的办法。

51. 内景　兵役部室内　白天

九太郎走进了自卫队兵役部要求服役，兵役部体检处的医生给他做了详细的体检后，诚实地对他说："火钵九太郎先生，根据您的健康状况，不可能也永远不能服兵役，请您回去吧。"

52. 外景　室外　白天

出了体检室，火钵九太郎从兵役部体检处走廊走过，在无数歧视的目光中走过，他振作地扶正残肢，挺着胸走过人群。

53. 外景　室外　白天

火钵九太郎毅然决然地走进了武道馆。初试时，著名的山田教练连出狠手，将火钵九太郎一次次重重地摔倒在地上。但是，他又一次次顽强地站了起来，最终，山田教练让他通过了考试，他被山田教练收下了。

54. 内景　室内　白天

山田教练耐心地教导着九太郎，一遍又一遍。

（二）

55. 内景　训练馆内　白天

训练馆里，九太郎是最刻苦的学员，为了使残肢得以恢复，他常常把残肢捆在吊环上，用自己的体重拉开蜷曲的残肢，为此他常常痛得昏死过去。

56. 内景　训练馆内　白天

在教练的精心指导下，经过几年的苦练，他强健了身体，磨砺了意志，练得一身好身手，终于以县搏击第一名的成绩走出武道馆。

57. 内景　大阪警署内　白天

日本大阪警署里，一位警员正拿着一份档案在看，档案记录着：不良少年科，火钵九太郎，肢体残疾青年，不良记录，姓名栏上有一个大大的问号。

不良记录一：九太郎领着几个十岁左右的小孩用锐器连续刺破停在街上的驻日美军车辆轮胎。

不良记录二：火钵九太郎潜入水下将停泊在岸边的美军登陆舰艇底钻漏，致使登陆舰艇沉没，水兵纷纷落水。

不良记录三：火钵九太郎与两个二十岁左右的青年暴打醉酒后闹事的美国水兵，日本宪警驱赶追捕，青年们四处逃散。

（字幕）

1966 年盛夏。

58. 外景　室外　白天

警笛声中火钵九太郎跑得满头大汗，但是他的表情依然那么的坦然，他拼命地在人群中奔跑，警笛声越来越近。情急忙乱之中，他跑向路旁的一家门市不太大的理发店。

59. 内景　理发店内　白天

理发店里，年轻美丽的女理发师美枝子独自一人收拾着工具台上各种各样的理发用具。

60. 内景　理发店内　白天

蓬头汗面的火钵九太郎头上扎着带子，穿着嬉皮士的牛仔服，突然闯入店里，吓了美枝子一跳。美枝子冲着火钵九太郎大声地喊道："你是谁？不理发到这儿干什么？你给我出去，不许你到这里胡闹，快出去！再不出去我要报警了！"

火钵九太郎忙解释说："请你别害怕，我不是坏人，我是早大的大学生，的确有几个警察正在追我，原因是我们把酗酒闹事欺负日本女孩的美国水兵给打了，我不想被警察抓去，交给基地当局去受美国水兵的气，请你帮帮我，让我在你这儿躲一躲行吗？"

美枝子怀疑地问："真是这样吗？就你？你们敢打干了坏事的美国水兵？"听到这充满怀疑的问话口气，火钵九太郎只是轻轻地点点头说："是真的！"

美枝子激动地一把拉过站在门口的火钵九太郎，大声说道："快围上围裙，坐到理发椅上来，我会快速地把各种烫美发工具夹到你的头上，那样就是你的亲妈来了，也会认不出你来。"

美枝子刚刚给火钵九太郎夹好各种发夹，贴好面膜，又抹了一头洗发沫，就听到砰砰砰的敲门声。

61. 外景　室外　白天
两个警察在门口用力地敲着门，门口停着他们的摩托车。

62. 内景　理发室内　白天
门被推开，两个摩托车骑警走了进来。

美枝子热情地说："请进，欢迎你们的再次光临！"

走在前面的高个警察："美丽的女老板，这次不是来理发，我们在追缉逃犯，是几个年轻人把美国人打了，他们违犯了治安法。"

后进来的警察接着问："女老板店里没来什么生人吧？"

美枝子："没有陌生人，到我这儿的都是附近的老顾客，这位先生坐在这已经快一上午了，这种发型很好看但是很难烫的，一会儿半会儿完不了，只好多等一会儿了。"

一个警察上前仔细分辨，没认出火钵九太郎，便说了一声："开路！"俩人一块儿离店开着摩托车走了。

看到警察走了，漂亮的理发师美枝子忍不住笑了起来，不停地笑，让她都快直不起腰了。她边笑边说："太刺激了！太刺激了！"她一边取下烫具一边对火钵九太郎说："我叫美枝子，你叫什么名字？"

"我叫火钵九太郎，今后你叫我九太郎就行了。"他深沉地回答着。"你们为什么要打美国水兵啊？他们有什么地方得罪了你吗？你认识他们吗？那是为什么？认识他们？"美枝子问道。

"得罪我？认识他们？"火钵九太郎摇了摇头，陷入了深深的痛苦的回忆。

63. 内景　理发室内　白天

在美枝子一再的催问下，他又稍稍地等了一会儿，然后无奈般地轻轻地问了一句："你知道广岛原子弹爆炸吗？"

听到这话，美枝子点了点头回答说："当然知道，为了结束战争，美国人投下了两颗原子弹，一颗投在广岛，一颗投在长崎。在广岛那声巨响中我们就有二十多万同胞遇难，可是这和你有什么关系呢？"

火钵九太郎激动地说："和我们有什么关系？难道我们不是日本人？难道你不是那些遇难者的同胞？如果说同我有什么关系嘛，就更是有关系了！"

火钵九太郎接着说："我的老家原来在广岛，我们祖祖辈辈都生活在那儿，然而，就是美国人在广岛投下的那颗原子弹，夺去了我姥爷、姥姥、我的妈妈、姨姨、舅舅十几位亲人的生命，丢下孤独的我，又造成了我的肢体伤残，你说这与我有没有关系？为此，我恨那场战争，我恨原子弹，我更恨那些驻军在我们日本的美国水兵，美枝子，你知道什么叫刻骨之恨吗？你知道吗？你知道吗？"

火钵九太郎边说边从怀里拿出了一个小影集和一封信，向美枝子介绍着广岛核爆中死去的亲人。说到悲伤处，从他原本刚毅的眼睛里流下滴滴泪水。

听完火钵九太郎那深切沉痛的讲述，好半天好半天后，美枝子才默默地说："经你这么一说，加上我又看了影集，让我明白了一切，也让我理解了你的悲痛情感和痛苦的内心世界，同命相连啊！我非常非常地同情你。"

火钵九太郎深深地向美枝子鞠了一躬说："感谢你救了我，更感谢你能理解我。今后你如果有什么事需要我去做，请打电话给我，这是我的电话号码。麻烦你很长时间了，我该走了，我要回学校去了。再次谢谢你，我会每周都来看你的。"

64. 内景　理发店内　白天
火钵九太郎每周都从学校到理发店来，抽出两天的空来，到这儿帮美枝子做这做那。勤快的火钵九太郎把理发店的外墙给刷了。

65. 内景　理发店内　白天
九太郎忙活着扫地擦玻璃。

66. 内景　理发店内　白天
九太郎看到水池不畅后，又帮着美枝子清理下水的地漏子，累得他满头是汗。

67. 内景　理发店内　白天
看着九太郎这么帮自己，美枝子高兴极了，她一会儿关心地给火钵九太郎擦汗，一会儿关心地给他倒水，忙忙活活快乐一天。

68. 外景　室外　夜
天色很晚了，俩人忙活了整整一天，美枝子送最后一个客人到门口。

69. 内景　理发店内　夜
火钵九太郎洗了把脸，脱下工服说："天晚了我要回学校了，再晚回去学校大门该锁了，我就进不了门了。"美枝子让他留下吃完饭再走，说："怎么也不能这么饿着肚子就走啊！吃完晚饭晚些回行吗？"可是怎么劝也没劝住，火钵九太郎还是急急忙忙地回学校去了。

70.外景　理发店门口　夜

望着火钵九太郎离店返校的背影，站在门口的美枝子目送了他很远，很远。

71.内景　理发店内　白天

美枝子准备着丰盛的饭盒，脸上洋溢着幸福的微笑。

72.内景　理发店内　白天

从那以后，只要是火钵九太郎要到店里来帮忙的前一天，美枝子就把提前准备好的饭盒拿出来，两人开心地吃着，看着九太郎狼吞虎咽的样子，美枝子特别开心。

73.内景　理发店内　晚上

这样地日复一日，月复一月，又到了星期五关店时，美枝子看了一下墙上的日历，仿佛在期待着什么。

74.内景　理发店内　白天

美枝子指点着九太郎，聪明的火钵九太郎从扫地、洗头开始，渐渐地学会了剪头发、刮脸和理各种头式、烫各式的发型，手艺越来越精，他已经能独立完成各种服务项目了。

75.内景　理发店内　白天

每到周五、周六、周日，火钵九太郎的回头客总是很多，火钵九太郎忙碌着，美枝子在他旁边给他帮忙，一脸幸福。

76. 外景　室外　白天

九太郎拿着毕业证书在大街上疯狂地跑着，特别兴奋，特别开心。

77. 内景　理发店内　早晨

火钵九太郎手拿着毕业证，冲进了美枝子的店里，进门就冲着美枝子大声地喊着："今天我拿到了毕业证，我大学毕业了，学校把我的毕业资料介绍给残协株式会社了，残协株式会社已同意我去上班了，去做秘书兼法律顾问，我有工作了，我能自立了……"

78. 内景　理发店内　早晨

看到火钵九太郎高兴的样子，美枝子还像以往那样静静地站在那儿，听他把一大溜的话讲了又讲直到讲完，然后才说："你是不是觉得还要做什么说什么？不会就为此专门来我这儿吧？"

79. 内景　理发店内　早晨

正像美枝子说的那样，火钵九太郎来此就是为说一句话，自己的心思全被美枝子看了出来，等了好一会儿他不好意思地低头说："其实我来的目的是想说今天咱俩能不能手底下麻利些，把生意早早做完，提前两个小时关店？然后一起去参加我校组织的毕业庆典晚会，就你和我，咱俩一起去好吗？"

美枝子："你请我去参加你的毕业晚会？"

火钵九太郎点了点头："别的同学都有亲人陪着去参加，而我除了同学之外只有你是最亲近的人。我真心地邀请你跟我去，希望你能陪我去，好吗？你能去吗？"

美枝子激动地点了点头："谢谢你的邀请！我和你一样也没有别的亲人。我和你去，我一定陪你去。"

80. 内景　理发店内　白天

那整整的一天，两个人工作得都特别卖力，每干完一件手里的活，都会相互地看上一眼，对视的瞬间，双方的目光又都是那样的火辣。

81. 外景　室外　晚上

美枝子一身粉红裙装，又特意地在头上扎了一朵粉红色的绢花，她就像一朵盛开的樱花那般美丽照人。她走向九太郎，九太郎看着这样的美枝子，都看呆了，在美枝子的呼喊下才回过神来。

82. 内景　毕业舞会大厅内　晚上

火钵九太郎兴奋地拉着美枝子的手，走进毕业生和毕业生家长及朋友们组成的人群。

83. 内景　毕业舞会大厅内　晚上

火钵九太郎大声向同学们介绍："这是我的女友美枝子小姐，她今晚专门陪同我参加我们的毕业晚会，请大家多多关照。"话音未落被美枝子掐了一把，他痛得"啊"了一声。

"非常漂亮啊！火钵九太郎你好有美人缘啊，你的女朋友真美啊！好叫人羡慕啊……"

在同学们的赞誉声中，美枝子双手合十礼貌地连连说："我叫美枝子，是火钵九太郎的女友，初次见面，请多关照……"

84. 内景　毕业舞会大厅内　晚上

毕业晚会上，同学们频频地相互祝福，相互鼓励。

85. 内景　毕业舞会大厅内　晚上

舞会的音乐响起，一对对男女青年纷纷地走进了舞场，在场上翩翩地曼舞。

火钵九太郎和美枝子在乐曲中一同走进了场中，火钵九太郎和美枝子欢舞的身影，在舞会音乐声中，他俩的距离变得越来越近了。

86. 内景　毕业舞会大厅内　晚上

舞会一直到了深夜才结束，同学相互诉说着不舍，然后才离开。

87. 外景　理发店门口　深夜

火钵九太郎把美枝子送到了理发店门前，但是手却一直紧紧地抓着美枝子的手不肯松开。

88. 外景　理发店门口　深夜

火钵九太郎的眼睛在灯光的照耀下闪亮着火焰，美枝子的眼中也充满了柔情，他们手拉着手久久地站在路灯下，谁都不愿单独离去。就这样面对面地站着，站了很久很久，双方在无言中度过了一个又一个分分秒秒。

89. 外景　理发店门口　深夜

美枝子："我害怕一个人孤独的夜晚。"

听罢美枝子的这句话，让火钵九太郎的心激动得差点儿从嘴里跳出来。他看着美枝子，一把紧紧地抓住了她的手，像生怕会溜走一样紧紧地握着，就这样一直紧紧地握在一块儿。一直握到两个人的手心沁出了汗水，在荷尔蒙的刺激下，爱如喷涌的火山岩浆。火钵九太郎再也无法控制自己，一把搂住美枝子的腰，搂得紧紧的，紧得不能再紧，美丽柔情的美枝子也顺势靠到了他的身上。

90.内景　理发店内　深夜

他们俩手挽手匆匆地走进了理发店，走向了阁楼，阁楼的灯影中两个人的身影紧紧地搂在了一起。

91.内景　阁楼内　深夜

火钵九太郎把小影集和那封信掏了出来，向依偎在身旁的美枝子讲述着"九月霜"、清叶、广岛外公和那个酒窖，讲述着孤儿院、收养小学、中学及刚刚毕业的那所大学……

92.内景　阁楼内　深夜

火钵九太郎讲到自己在大阪中心孤儿院长大时，美枝子突然不停地问道："是那所有着红门、白楼的孤儿院吗？是有阿奇妈妈院长的那所吗？还有那个有着小钟楼的收养小学？是那所小学吗？"

"什么？你也是那个孤儿院的院生？也是中心收养小学的学生吗？"火钵九太郎惊奇地问着，"这是真的吗？这是真的吗？"

"怎么会不是真的呢，怎么会不是呢。"美枝子一边回答，一边也从书柜里取来了一本影集，从一张集体合影的照片中火钵九太郎找到了自己，也找到了幼年的美枝子，那个曾陪伴他哭泣的"鬼仔女"。两人再一次相拥在一起。

（三）

93. 内景　阁楼内　深夜
美枝子向火钵九太郎讲述了自己的身世。

94. 内景　室内　白天
美枝子的母亲，青春靓丽的信子，生长在广岛，1942年春她考入了夏威夷大学音乐学院钢琴专业，因在国外学习，躲过了广岛那场让人恐怖的爆炸。

95. 内景　室内　白天
信子读着寄来的信，她知道那场爆炸夺去了她在广岛的所有亲人，她变成了孤儿，她特别悲伤。但是，失去亲人的痛苦并没有影响她的学习，她比以前更加努力，以年级第一的优异成绩成为同学中的佼佼者。

（字幕）

1945年，金色的秋季，夏威夷。

96. 内景　音乐厅内　白天
夏威夷音乐会上，美丽的信子一首舒伯特的钢琴《小夜曲》，赢得了全场来宾的喝彩。军中的吉他演奏高手贝肯一直默默地注视着这位美丽的异国女子，眼中充满了欣赏、爱慕。

97. 内景　室外　夜晚

篝火晚会上，信子与军中的吉他演奏高手贝肯相识了，贝肯的一首吉他曲《老人河》深深地吸引住了她，是音乐让他俩走到了一起。

98. 外景　室外　夜晚

美丽的海湾，路灯下的夜景，到处都是两人的身影，他们度过了一个浪漫的夜晚……

99. 外景　室外　夜晚

海面上，一艘小船载着一对青年男女漫无天际地漂去，漂得很远很远……音乐让他们坠入了炽热的爱河。

100. 外景　信子学校门口外　白天

从那以后，每到周末，贝肯都会开车到学校门口接信子。

101. 内景　室内　夜晚／白天

音乐会、音乐酒吧、音乐博物馆……到处留下了他们的身影。

102. 内景　校长办公室内　白天

校长告诉信子毕业将被留校任教，信子特别开心特别激动。

103. 内景　信子宿舍内　白天

贝肯又一次来到信子的宿舍，向她献上鲜花祝贺。用各种方式表达了对她的爱慕。

104. 外景　室外　晚上

贝肯在信子的楼下点上蜡烛，他呼喊着信子，他跪在地上郑重地向信子求婚了。

105. 外景　室外　白天

信子和贝肯举行婚礼，婚礼上来了好多的同学老师祝贺。

106. 外景　室外　白天

校长为他们主持了婚礼，二人在宣读誓词，亲吻彼此后，相拥在一起。

107. 外景　室外　白天

贝肯和信子的同学朋友们欢快地唱着，跳着……

108. 内景　贝肯房间内　夜晚

贝肯在写信，他告诉父母，他很幸运，现在过得也很幸福，他告诉父母，会利用假期带着信子一同去探望父母。

109. 内景　俄亥俄州农庄内　白天

贝肯一家热情地款待着信子，贝肯的父母非常喜欢儿子娶来的这位美丽善良的东方姑娘，一见面就送给她这送给她那的，她的面前堆满了礼物，到后来老人们都不知再送些什么好。

110. 内景　贝肯房间内　晚上

在贝肯住的房间里，信子打开书桌抽屉，无意间看到了一枚勋章和贝肯参加广岛那次核轰炸的证书。看到这一切，她知道了贝肯在广岛干了什么，信子陷入了深深的悲痛之中。

111. 外景 室外 白天

她想到了因爆炸故去的亲人，想到化为废墟和灰烬的家，想到了左邻右舍，想到了二十多万的同胞和无数个像她一样的孤儿……

112. 内景 贝肯房间内 晚上

想着这些，泪水在她面颊上不停地流下来。贝肯走了过来。

113. 内景 贝肯房间内 晚上

看到信子如此的痛苦，贝肯不知所措地说着："是因为广岛投核弹吗？那是命令啊！我是军人不能不执行命令啊！再说事先我真不了解那个'小男孩'的威力，我还认为是以往那样的轰炸。当我们把那颗'小男孩'投下去之后，当我看到了那冲天升起的蘑菇烟云，我才深深地理解和认识到了，我今后的一生将永远伴随着忏悔！一生将永远伴随着深深的反省！

"从那天之后，不知有多少个夜晚我从噩梦中惊醒，首先是看着周围是不是还有一个个飘移的幽灵？是不是还有梦中那些幽灵伸来抓我的无数双手？从那以后，我只有沉迷在吉他中，迷恋在音乐里……可是，反过来讲，发生这一切的因由是你们日本先偷袭的珍珠港，那天我幸好休假上岸了。太惨了，所有在港口的舰船全部被炸毁炸沉了，舰船上的水兵的血把整个海湾都染红了。还有太平洋战争也是由你们日本而起。这一切的一切与我有多大的责任和关系啊？"

114. 内景 贝肯房间内 晚上

贝肯就这样不停地、无休止地向信子讲述着。

115. 内景　贝肯房间内　晚上

贝肯不停地说着，但他已经发现，自己的解释从信子眼睛换回的只有对他的抱怨和怜悯，只有不断增加的距离和冷漠。每当想到这，贝肯都会下意识地一个冷战，一个遍布全身每个末梢神经的战栗。

从贝肯的内心世界反映出的感观信息，就是他与信子曾经拥有的一切都面临着不可挽救的终止，就像那颗核弹轰鸣中万物无一幸免的死亡那般，一切的一切都被她用无言和无视化成了完结。

116. 内景　贝肯房间内　白天

两人之间沉默着，可怕的沉默，各自忙着各自的事情，信子没有一句话，这样一天又一天……

117. 内景　贝肯房间内　晚上

信子与他的爱情已发生了根本的质变，两个人躺在床上，变成了同床却又如同路人的滋味。那种痛苦的难言终于使贝肯再也无法承受这种情感的折磨，再也无法按捺和承受这样的思想的隔离。夜里，贝肯在床上翻来覆去。

118. 内景　贝肯房间内　清晨

贝肯轻轻地吻着妻子的额头说了一句："咱俩回夏威夷去吧，咱们自己的事情自己处理，别让善良的老人们为我们操心，离开俄亥俄州回到家里，我会尊重你的所有要求。"

119. 外景　农场外　清晨

他们向年迈的父母告别。要回夏威夷去了，父母很不舍地同他们告别。

120. 内景　家里　白天

回到夏威夷的家，信子收拾好东西，提着行李走了，贝肯没能说服她留住她，呆呆地望着她远去的背影……

121. 内景　飞机内　白天

信子坐在飞机靠窗的座位上，看着窗外的景物失神。

122. 外景　室外　白天

贝肯一个人坐在屋外的草地上，仰望着天空，眼神痛苦而绝望。

123. 内景　救助站内　白天

信子在广岛志愿救助站里，艰辛忘我地劳作着，肚子渐渐大了起来，工作也越来越吃力。

124. 内景　救助站内　白天

信子患上了白血病，身体越来越虚弱，躺在救助站的床上。

125. 内景　救助站内　白天

信子生产，她在那儿用力，脸上都是汗水。医护人员和她，大家一起在努力。

126. 内景　救助站内　白天

一个护士抱着一个可爱的婴儿，旁边躺着信子。她丢下刚出生的女儿走了，她在痛苦的孤独中走了，走得那么匆忙。救助站的医护人员为她盖上了白床单，让人把她安葬了。

127. 内景　理发店阁楼内　深夜

"后来呢？"火钵九太郎急切地问道。

"急什么？听我慢慢地接着讲行不？"美枝子接着说。

128. 内景　室内　白天

美枝子回忆着，小小的美枝子，被送到了孤儿院，接着上了小学，上了中学，中学毕业。

129. 内景　室内　白天

美枝子收到了两所大学的录取通知书。她选择了可以学习技能的学院，学了美容美发专业。上学期间，美枝子很刻苦，经常在别人玩、约会的时候，自己一个人还在学习。

130. 内景　室内　深夜

"后来我毕业了，在学院和亲人的帮助下开了这家小店，再后来的事你都知道了，就不讲了。真是遗憾啊，我学习的美容美发专业手艺还不如你这个没有正规学过的。九太郎你太聪明了！你听没听过？混血儿会很聪明的，你应该属于这种，而我不行……"

"别打岔，你接着说，千万别停下来。"火钵九太郎催促着，"后来呢？你的父亲贝肯和你的爷爷来找过你吗？你快说嘛！"

美枝子接着说："来找过很多次，但是每次都是因妈妈留下的那封信，让他们没有得到任何我的信息失望地回去了。"

131. 内景　室内　白天

美枝子："十五岁那年，经过无数次挫折的父亲，终于通过国际刑警组织找到了我，并想通过司法程序把我接到他的身边，但是我拿出母亲的遗书再一次阻止了他，一审他失败了。"

132. 内景　室内　白天
美枝子："后来，贝肯并未轻易放弃，他不惜重金从瑞士请来世界级的欧文大律师继续申诉，他可是一位做过很多大案辩护的大律师，他再一次来找我。"

133. 内景　法庭内　白天
美枝子："法庭庭审现场，一位法官要征求我个人意愿时，不知为什么，我鬼使神差般地当庭说，我要继续这样独立地生活在日本。"

134. 内景　法庭内　白天
美枝子："欧文大律师走到我的面前，轻轻地对我说了句：'这场诉讼我和你父亲为了你的这句话输了，但我认为你做得对。'同时，我也看到了法庭上贝肯那双刚毅的眼睛里流下了泪水。我知道父亲他爱我，更深深地爱我的母亲，他的泪水有淌给我的也有淌给母亲的。"

135. 外景　法庭外　白天
美枝子："我拿着终审判决的结果，父亲再一次彻底地败诉了，法律的天平又一次朝他的愿望反向倾斜。这次终审败诉意味着，他将永远永远地失去对我的抚养权和监护权。"

136. 外景　学校内　白天
美枝子："父亲来学院找我，我一下子发现他憔悴了许多，两鬓出现了许多白发。那天，我们父女俩抱在一起痛哭了一场。父亲告诉我明天他就要回美国去了，他鼓励我好好地学习和生活，他会常来看我的。"

137. 外景　学校内　白天

美枝子："我向父亲说：'亲爱的父亲，请你不要怪罪我，请你能谅解我。明天我会送你的，我爱你爸爸，我会天天想念你的。'父亲贝肯的眼睛里再次充满了泪水，我知道这一次他是完完全全淌给我的，只听他轻轻地说了一句：'你的个性太像你妈妈信子了，太像了太像了。'他离开学院时，我把他送了很远很远。"

138. 外景　学校内　白天

美枝子："临分别时，他从牛仔衫肥大的衣兜里掏出了一把钥匙交到我的手里。父亲告诉我，他为我买下了这栋门市房，还告诉我今后如果有任何难事就去找他，他永远都是我的父亲。"

139. 外景　学校内　白天

美枝子："看着他伤心离开的背影，当时，我差一点儿控制不了自己的情感，一心想要跟父亲到美国去。但是，我终于还是忍住了，按照母亲的遗书，我默默地在心里再一次对父亲说了一声再见。"

140. 内景　理发店阁楼内　深夜

美枝子："父亲买下这栋门市房的目的，就是为了我从学校毕业后好能自强自立。按照父亲的愿望，毕业后我就开了这个美容美发店，并起名为——贝肯发室。"

141. 外景　室外　白天
美枝子看着开业的美容美发店，心里充满了感慨。

142. 内景　理发店阁楼内　深夜
美枝子说着说着，又去书柜里拿出厚厚的一沓贝肯的来信，一封一封熟练地打开，详细地向火钵九太郎讲述着每封信的内容："说句实在话，这些年来，父亲一直关心着我这个远远离开了他的女儿，他那是发自内心的关爱。但是，他无数次亲切的关注，无数次热情的问候，无数次亲情的思念，无数次不远万里的探望，都被我一次次地以恨相报，都被我一次次地冷漠以对，每一次又都是那般无情无义，我让父亲伤透了心。"

143. 内景　理发店阁楼内　深夜
"后来呢？"火钵九太郎着急地问着。
"直到前年，父亲患病，病重的他打电话向我讲了他最后的希望。在一种无名的良知驱使下，我去了美国，看望了在医院住着的父亲。"

144. 内景　医院病房内　白天
美枝子："病房里，我看到父亲躺在床上虚弱到了极致，但是他见到我，就无比激动地一直拉着我的手，强撑着坐起来和我说话。父亲拉着我的手说：'你能来看我让我太高兴了，因为在你的内心世界的最最深处还有一股涌动的亲情，当然这不排除血缘的相联系，因为这种亲情的相连是任何力量也无法阻隔的。女儿，我爱你，宝贝，我更深深地怀念和爱着你的母亲。你母亲也是非常爱我的，但是，从她看到广岛核爆勋章的那夜起，我让她失望了，她选择了离开。今天，我才明白了，她用大爱战胜了小爱，她是用大义换小情啊！她心无一丝仇恨地离我而去，她不争不闹一无所求地离我而去，又心无一丝仇恨地撒手人寰。你的妈妈她是在用一种终极的大爱为我这个曾经迷途的人寻找灵魂，她是用一种至上的大爱为我洗刷着我的一切有愧人类的罪恶！然而，我知道得和理解得都太晚了，我曾经还憎恨过骂过她，今天的理解太迟了，只有让我去上帝那里去找她，当面向她去忏悔吧……'那天，他说了很久，说了很多。"

145. 内景　病房走廊内　白天

美枝子："坐在走廊的椅子上，我想着父亲白天的样子。我看得出来，父亲是不想让我看出，我心中原先强壮的父亲形象被破坏，他越是这样我心里越是难过，想着这些泪水不自觉流了下来。"

146. 内景　医院病房内　白天

美枝子："两天后，父亲奇迹般地痊愈了，医生告诉我父亲可以出院了。"

147. 内景　机场候机楼内　白天

美枝子："候机楼内，父亲不停地叮咛着，最后目送我安检，我转身时，他还在挥手，眼里闪着泪光，我转身走了，怕自己再看一眼父亲会更难过。"

148. 内景　机场候机楼内　白天

美枝子："找了座位坐下，我翻看着临走前带上的那本厚厚的影集，里面有许多我父母青年时的照片，许多父母在一起的生活照。照片上面，在父亲的怀抱中母亲的脸上洋溢着幸福和柔情，同时也淡淡地暗露着，那种被男人深爱着的女人的那种娇媚。看着这一张张照片，有时竟让我对母亲心生妒意，羡慕她有这样一位深深爱着她、痴迷着她、牵挂着她、厚待着她、爱着她的一切的一切的男人。这个女人无论是弃他而走，还是冷漠刺痛，无论是丢舍亲情，还是隔阻骨肉，这个女人无论她是痴、是癫、是疯，还是狂，他都始终如一地痴爱着她。妈妈她太幸福了，太让人羡慕了，如果九钵你能像我父亲那样爱我、待我，就是死我也……"

149. 内景　理发店阁楼内　深夜

没容美枝子说完，她的嘴已被火钵九太郎给轻轻地捂住了。九太郎激动地抱住美枝子说："不说行不行！别乱说什么死了活了的！不！不！别！……我会认真地学着你的父亲去做！行吗？"随着火钵九太郎的喊叫，美枝子的倩颊上落下无数个吻，越来越强的炽热，九太郎一件件地剥去了他们的衣裳，电灯又一次被熄灭，榻榻米激烈地抖动着，一夜未停。

150. 内景　教堂内　白天

美枝子和九太郎的婚礼在教堂举行，火钵九太郎为美枝子戴上了母亲留下的玉镯。照火钵九太郎的话说："婚礼到哪儿举行都行，我都和你去，只要有我就行。"这话引得美枝子的女伴们一片笑声，大家都笑他痴。

151. 内景　教堂内　白天

在婚礼上，美枝子又认识了火钵九太郎的很多朋友。这些朋友除了同学之外，更多是称他为"老大"的那些小兄弟，这也让美枝子知道了，在他们当中火钵九太郎的地位很高很高。

152. 内景　教堂内　白天

美枝子看到九太郎和他的兄弟们有说有笑，见此情景，她的心轻轻地一颤，她暗暗下了决心，一定要劝他收手。

153. 内景　家里　白天

婚后的日子，九太郎用全悖于日本男士的那种风格和方式，关爱着照顾着美枝子，爱而细心。夫妻双双共同地支撑着这个俩人共筑的小窝。

154. 内景　室内　白天

九太郎一下班就回家，偶尔加班时也会打电话给美枝子，给他留饭，工作完直接回家，美枝子看着正在吃饭而且吃得很香的九太郎，沉醉在无比的幸福之中。

155. 内景　理发店内　白天

九太郎每天下班回来就抢着帮她打理生意，她总是抢下他手中的理发用具，把他按坐在椅子上，让忙了一天的他多休息一会儿。但是，九太郎哪里闲得下，他被抢下理发工具就又拿起了扫帚，扫完地又清洗消毒毛巾。每次他都是抢着干，美枝子忙着拦，他俩这样的相互谦让，连来理发的客人都被感动了。努着嘴说："看，像这小两口才是过日子呢。"

156. 内景　理发店内　白天

美枝子怀孕了，看着妻子的肚子一天天地凸了起来，看着原本肥大的和服，这时也显得那么的瘦小了，把个九太郎给乐得别提多高兴了，他忙活得就更欢了。看着九太郎如此的优秀，美枝子心里别提有多高兴了。

157. 内景　理发店内　白天

理发店内，只有美枝子坐在椅子上休息，一边打理头发，一边陷入了深深的沉思。总有一个阴影笼罩着她，这就是她曾经暗下的那个决心，劝九太郎退出组织，不再参与任何的暴力活动。在这个阴影的影响下，每到九太郎下班时，美枝子都担心地等着他。

158. 内景　办公室内　白天

九太郎给家里打来电话，说是几个朋友有个约会，回来晚一些。

159. 内景　家里　晚上

美枝子坐卧不安地等着九太郎。

160. 内景　家里　晚上

那夜，九太郎一直没回来，美枝子也在床上辗转反侧，一夜未眠。

161. 内景　家里　凌晨

九太郎一身疲惫地从外面回来，他身上出门时穿的新衣服被扯破了，脸上青一块、紫一块的像是刚刚和人打过架。美枝子心痛地用热毛巾给他擦敷。后来，九太郎坐下慢慢地讲述了那惊心动魄的一幕。

162. 外景　室外　晚上

晚上，九太郎带着两名小弟兄分别藏在公路左右两旁的小树林里，等待那伙专门裸泳的美国大兵的到来。

163. 外景　室外　晚上

二十点左右，目标出现了，一辆中型越野车停到了路旁，从车上下来了四个已脱去衣服的美国水兵，他们径直向海边走去。

九太郎头上扎着带子，穿着嬉皮士的牛仔服，手拿锐刺轻手轻脚地接近越野车，他用力连连刺破两条轮胎，另一个小弟兄打开车门，刚要拿走裸泳者的衣服时。突然，从车上跳出了一个身材魁伟的大个子水兵，原来他先是喝醉了躺在后排座上，是轮胎破裂车辆的倾斜使他酒醒了，正逢车门被打开，他就跳出车来。

只见他肌肉发达，身手敏捷，一拳便打倒了开门的那位名叫川野的小弟兄。正当他扑向小光时，九太郎一个箭步冲上去，截住了他的利拳，与他打斗在一起。

164. 外景　室外　晚上

几个回合过后，九太郎发现对手是一个训练有素的海军陆战队员，无论是抗击打能力，还是搏击力度都不在自己之下，谁都无法轻易地战胜对方，双方你来我往打在一起不分高下。

这时，幸亏小光情急之中，捡了一根木棒前来助战，才使九太郎摆脱了困境。九太郎乘对方躲避同伴袭击来的木棍时，突发重拳打在对方的颈部，这才将对手击倒在地上。九太郎接着正要再施重击时，突然发现已在海里裸泳的那四个士兵听到了动静，赤身裸体地从沙滩那边跑来增援。

见此情景，九太郎忙扶起被打倒在地上的同伴，三个人相互帮扶着向山林中跑去。

165. 外景　室外　晚上

他们就这样在山林中跑啊跑，整整地跑了一夜，才摆脱了追赶，躲到第二天凌晨才回到了家。

166. 内景　室内　凌晨

"我们的最终目的，是警告美驻军人员不要再到那儿裸泳。累死了，累死了，我要睡一会儿了。"九太郎疲惫地说道，说着说着一头倒在床上就睡着了。

167. 内景　室内　凌晨

看着疲惫而睡的九太郎，美枝子既心痛又害怕，两种心情交织在一起，这种交织让她一直静静地坐在床边，抱着自己的丈夫，一直守着一动都没动。

168. 内景　室内　晚上

九太郎睡了整整一天才起来，一看美枝子把饭菜都做好了，他内疚地说："让你担惊受怕了，实在对不起，不会再有下次了，亲爱的请你放心。"

听到了这句话，美枝子异常平静地说："你认为是对的，有意义的你就去做，相反，你就停止退出。"这顿饭吃得是那样的沉闷，两人都再没说一句话。

169. 内景　客厅内　晚上

九太郎照例冲凉出来，回到客厅。美枝子早已为他沏好茶，手里拿着一本《简·爱》坐在一旁静静地读着。那一夜，两人一直无语。

170. 内景　客厅内　早晨

九太郎被饭菜的香味诱醒，美枝子已把早餐摆上了桌子，像往常一样各盛了一碗大米粥。豆腐丝、酸菜丝、雪菜叶……几碟淡淡的小菜，这么巧，那天一切都是淡淡的淡淡的。两人静静地吃着早餐，面对面地一句话都没说，直到他上班走出家门。

171. 内景　办公室内　白天

残协株式会社法律顾问的办公室的办公桌前，九太郎一个人坐在那儿发呆，他呆呆地坐在那儿，嘴里默默地轻声念叨着："难道贝肯的遭遇真就降到了我的头上？真的会发生那样的后果吗？我真的也会那么不幸吗？不！绝不！我要改变和阻止这将发生的一切！我首先要正视自己，改变自己，再造自己，用我自身的完善去挽救，去重视我和美枝子原本幸福的和谐！……"念叨中九太郎趴在桌子上睡着了。

172. 内景　办公室内　白天

恍惚中一个个的人影从眼前走过，九太郎努力地辨认着，原来，他们中有母亲清叶，有美枝子，有美枝子的母亲信子，也有美枝子的父亲贝肯，还有很多似曾相识又未曾相见过的一个个的面孔。

173. 内景　办公室内　白天

睡梦中，九太郎挣扎着，扭动着，嘶喊着，极力地要脱离他们，可始终未能挣脱。这无法的挣脱，把九太郎急得不知怎么才好，急得浑身火热，满头是汗。

174. 内景　办公室内　白天

只听恍惚中的九太郎突然一声大喊："绝不让'二战'的噩梦再在我们这一代身边重演！"

这一声大喊，终于让九太郎从昏睡中苏醒了过来。他站起来就向家里走去，还不到下班时间他就往家里走去，参加工作以来他这是头一次早退。

175. 外景　室外　白天

火钵九太郎也不知是怎么走回去的，也不知踉跄中摔了多少跤，弄得他浑身是土。

176. 内景　室内　白天

看到浑身是土的九太郎，美枝子一句话没说，先轻轻地给他洗了一把脸，又默默地把他的那身脏衣服给换了下来。然后，她把脏衣服拿到洗衣室。

177. 内景　室内　白天

洗衣室里，美枝子把衣服放到洗衣机里，就在她正要按开关的瞬间，一双手从身后将她牢牢地抱住，美枝子知道不会有别人，一定是九太郎。

美枝子没有吭声，任凭他抚摸着自己，任凭他亲吻着自己的面颊，她一声没吭，一点儿声音也没出，只淡淡地应对着九太郎的情感，一声不响地，默默地应对着他炽热的情感。

九太郎的双手轻轻地抚摸着，从高耸的乳峰到凸起的腹部，从纤细的双肩到炽热的脖颈，从敏感的双耳到……

如果是从前，美枝子早已娇声颤颤，扑倒在丈夫的怀里，早已尽情地配合九太郎那如烈火般的激情。然而，现在的她如同雕塑般的冰冷，以往的那一切的一切的炽热都变得如霜雪一般。这样的变化对九太郎来讲是再痛苦不过的事，他最怕这样的痛苦再蔓延和延续。因为他知道，此事有着它的历史渊源。同时他也知道此事由他而起，也只有他才能改变这种转化。

178.内景　室内　晚上

夜里，九太郎敏感地发觉，尽管爱因美枝子的冷漠变得那样的无味。但是，他还是隐约地感觉到，在她的肌体深处偶尔还透露出丝丝无法控制的情感，还有阵阵发自于潜意识的冲动。美枝子对他的情感还没有完完全全地死亡，还没有完完全全地丧失，她从骨子里需要他。他知道尽管只有丝丝情感尚存，然而这丝丝点点正是挽救和恢复以往和谐的基础。

179.内景　室内　凌晨

凌晨，想了一夜的他对着美枝子说了一句："今天早晨我将向那个行动小组申请退出，并向你承诺永远不再做那些傻事了。经过深思熟虑，我已从内心认识到了，那种用弹弓打人，扎轮胎，搞偷袭，钻船底……那些行动是多么的幼稚，又是多么的愚笨。我已深深地认识到了，这样做既危害社会，又危害家庭，干那活儿的应该是少年和小孩们，而不应是我这种年龄的人所该干的。"

听到九太郎如此表述，美枝子轻轻地"嗯"了一声，只轻轻地"嗯"了一声。然而，这轻轻的一声，对九太郎来说就像冬季的暖阳一般，就像是久旱的甘雨一般，是那样的滋润又那般的让人喜悦。九太郎深深地知道，是他对错误的认识打动了美枝子的心，是这种打动让美枝子已经麻木的心态和情感正在渐渐地复苏，正在渐渐地修复着所受的创伤。

180. 内景　室内　早晨

美枝子轻轻地说了一声"再见"。而这轻轻的一声"再见"让他激动了整整一天。

181. 内景　孕婴用品店内　白天

九太郎一边跟店员说着什么，一边给美枝子买了件孕妇衫，颜色是一个月前美枝子自己选的那种。

182. 内景　办公室内　白天

九太郎给那个行动小组里的弟兄们写了辞职信，并决定请他们一同吃顿晚饭，互相通个气。

183. 内景　酒馆内　晚上

九太郎和兄弟们喝着酒。那顿晚餐却吃得异常痛苦，兄弟们在一起讲得太多、太多。讲到了少年时的欢乐，讲到了一同用弹弓打美国水兵、一同扎军车轮胎的快感，也讲到了联手和美国水兵打架时的得意，更讲到了即将分别的痛苦。那场酒喝得太久太长，所有的兄弟都喝醉了、都哭了。

（四）

184. 内景　室内　深夜

回家后的那夜，九太郎变了，变得没有一句话说了，整整的一夜他没有吱一声。

185. 内景　室内　早晨

美枝子唤九太郎起床，九太郎吃完早餐后去上班，但他也没出一声，始终沉默着。

186. 内景　残协株式会社内　白天

九太郎到了社里上班也没有说一句话，竟一连三天没和任何人说一句话，有的只是默默地呆坐在那儿。

187. 内景　办公室内　白天

不解的同事，打电话给美枝子询问情况："九太郎和你怎么了？闹矛盾也不必这样嘛，怎么搞的嘛？原来挺好的一对，这样下去很危险啊！美枝子你要多关心九太郎，他在会社已经三天没和任何人说一句话了。九太郎各方面都很优秀啊，他是我们会社的骄傲，更是你的骄傲，希望你能真正地珍惜他，他再这样自闭下去会毁了他的……"同事真诚地在电话里说着。

188. 内景　室内　晚上

九太郎又呆呆地下班回到家了，他像什么都没有看到，再没有帮美枝子干这干那，木呆呆地径直走上了阁楼。一屁股坐在榻榻米上，一声没哼地傻坐在那儿。

189. 内景　室内　晚上

美枝子一边收拾东西，一边看着阁楼上，她知道九太郎是因为离开了他的组织，离开同伴们而难受。她也知道，情感的刺痛给男人造成的痛苦会更深更久，会更难以自拔。

美枝子更懂得，情感之痛需要用情感去化解，情感的困惑更需要用情感去解脱。

190. 内景　室内　晚上

那天夜里，她和九太郎面对面地坐在一起，温情的双手抚摸着丈夫的双颊，深情而又关切地说："九太郎，咱们俩今晚平静地坐下谈一次心如何？该认真地谈一次心了。"

九太郎没有回应，只是默默地点了点头。

看到他同意地点头，美枝子轻轻地讲述起："我记得你曾对我说，你的父亲是个中国人，是一个抗日的战士，而你的姥爷和母亲清叶及家人是所谓的'拓荒团'成员，实质的实质还是入侵者。

"但是，当你父亲听到他们是因为反战而被遣送到呼城的，他放下了手中的杀戮。

"再后来你父母间深深地产生了爱情，尽管双方家长们都反对，这并没有阻断你父母间的爱情，正是你爸爸、妈妈用人世间这个永恒的主题——爱情，战胜民族隔阂和敌视，甚至战胜了交战双方固有的仇恨。

"他们俩相爱得是那样的深，他们也战胜了双方父母的反对，爱得是那样的无邪和真实，爱得是那般的坦荡和透彻，正是如此才有了你。

"你姥爷把你母亲带回广岛的初衷也是好的，他怕九月霜与清叶的感情基础不太牢固，今后共同生活发生悲剧。把清叶带回广岛去让他们分开一段日子，如果再无法分开就任由他俩去，没有想到一回到广岛就遇上了核爆，发生了那场悲剧。

"但是，你姥爷绝不是有意的，尽管他没有马上同意九月霜与清叶的爱情，可是他从没向呼城警察透露半点儿有关你父亲的消息。他向人们散布着纯朴的善与爱，展示着他自己的中性的特色。"

191. 外景　室外　深夜
外面，黑夜格外寂静。

192. 内景　室内　晚上
美枝子说："再说说我的母亲吧，美丽善良的母亲爱上了吉他手父亲，共同对音乐的追求让他们走到了一起。但是，当母亲发现自己心爱的人是广岛悲剧的参与者，她选择了默默地离开，而这种离开并不含一丝丝的仇恨，她是为了去向广岛施爱而离我父亲而去的。

"后来她染上了放射病，为了避免拖累我父亲，她又一次选择了默默地离去，为了怕我再一次拖累了我父亲，她把我交给了孤儿院。这一次次的爱能不算是大爱至爱吗？这一次次的爱能不是深爱切爱吗？

"尽管我父亲也曾经误会过、痛苦过、仇恨过。但是，他终于还是理解了，还是领悟到了母亲对他的至爱，哪怕是他在病重时才彻底地领悟到。

"故此，我深深地认识到了，无论是你还是我，无论是我还是你，都是爱与恨、善与恶、对与错、合与分的特殊产物。同时，我又深刻地认识到了，你我之间的结合已超过了父母们的爱界，也涵盖着较他们更多的国度的情感。九太郎你理解我说这句话的含义吗？"

美枝子轻轻地把他的手拉了过来，轻轻地放到自己已渐渐凸起的腹部上说："你能感悟到吗？他已忍耐不住要来到这个世上，九太郎你感觉到了吗？这个坏小子，你的儿子又在蹬我呢。

"九太郎啊！面临儿子的到来，你我之间难道还要像以往那样的亦恨、亦仇、亦痴、亦癫不成？难道还要……"

在美枝子真情的感召下，九太郎的双眼流下了泪水，他终于呢喃细语："咱们只能换个与老一辈完全不同的活法了，只能用慈爱与和谐去替代一切的仇恨和敌视！"

那一夜他们重修旧好，那一夜的爱他们很幸福。

193. 内景　室内　白天

通过那夜的恳谈，九太郎和美枝子俩人的生活又恢复了以往的那般平静和甜蜜。

194. 内景　理发店内　白天

下班后，九太郎又像从前那样，抢着帮美枝子打理生意，美枝子又像从前那般总是抢下他的工具，让他坐下休息，客人们重新又在羡慕地议论着这对小两口。

195. 内景　室内　晚上

年底，会社的庆功会上，九太郎因工作出色获得奖励。

196. 内景　医院内　白天

美枝子因快要临产提前二十多天住进了医院。

（五）

197. 外景　室外　傍晚

快过年了，大街上一派喜庆的气氛，充满了年味儿。

198. 内景　办公室内　傍晚

临下班时，九太郎像以往一样将牙具和一些生活用品装进手袋，准备下班后直接去医院陪陪美枝子。

199. 内景　办公室内　傍晚

突然，电话响了，小组的一个同伴打来电话，说前天在一次偷袭酒吧醉酒闹事的美国水兵时，参加行动的三个人都一同被捕。到今天为止，组织里全部十九人中已有十六人被警察带走。

他顺便问九太郎是否出去躲一躲。九太郎问："为什么？我早已退出了组织和领导位置，终止了活动。"但是对方回答："他们还没有选举出新头，组织里的头还是你。"九太郎听罢，一脸的茫然。

200. 外景　室外　傍晚

九太郎看着自己出生的那座医院，还是九太郎常常充满痛苦回忆的那个地方，尽管那里已经发生了天翻地覆的变化。九太郎一踏进它，心中总是一阵阵地发怵，一种不可言喻的伤感自然而然地缠绕着他。

201. 内景　室内　傍晚

美枝子静静地躺在病床上，看到九太郎来了，高兴地问他："又带什么好东西来了？又有什么新鲜事要告诉我？"

九太郎从饭袋里拿出了一个漂亮的小绢人，递到美枝子手中，深情地说："我会每天给你送来一个小美人，愿你和它们一样永远的美丽。"美枝子逗笑说："我都快成老太婆了，还是让咱们的孩子漂亮美丽吧。"

202. 外景　医院外　深夜

九太郎从医院离开，天已经很晚很晚，大街上已经没什么人了。

203. 内景　理发店内　深夜

夜里很晚了，九太郎还在写啊写，一直写到了天明。

204. 内景 / 外景　室内 / 室外　早晨

出门前，九太郎里里外外再一次打扫了一遍后，才锁好店门准备去上班。

205. 外景　室外　早晨

九太郎转过头来才发现一辆警车和四位摩托骑警在门前的马路上等着。警察宣读了逮捕证，因由是违犯治安法和组织煽动违犯治安法。一辆警车拉走了九太郎，去了拘留所。

206. 内景　病房内　白天

连续三天，九太郎的同事都为美枝子送来小绢人，并告诉她九太郎出差去了北海道，她深信不疑地说："出差是会社对九太郎的信任，多出差能够提高九太郎的工作能力。"

207. 内景　病房内　白天

第四天、第五天的相同谎言还在继续，同事继续送来小绢人。

208. 内景　病房内　白天

当第六天谎言又讲的时候，美枝子流下了眼泪，哭着对送绢人的同事说："九太郎到底出了什么事？请你务必告诉我！快告诉我！快呀！难道你想急死我？"在美枝子的再三追问下，送绢者被迫说出了九太郎被捕的事情，并告诉美枝子两周后将要开庭审判，审判期间不得假释。

来人同时告诉她，残协株式会社也聘请了律师为他辩护，他的同学和老师也组成声援团体，参与审判为他维权。

209. 内景　病房内　白天

美枝子问："他没有给我带话或者留什么吗？"九太郎的同事轻轻地摇了摇头，"没有，什么都没有。"听到这样回答，美枝子陷入了深深的沉思。忽然，她像是想起了什么，急切地说："快陪我回趟家，护送一下我回趟家吧。"

"别回去了吧，医生不会让你乱跑的，你都快生产了，这样跑来跑去也太危险了。"美枝子哪里肯听别人的，回答说："怕危险你们就送我，如果你们不送我，我自己硬一个人回去那才叫危险呢！咱们现在就走！"

在大伙儿的帮助下，美枝子离开了产房。

210. 内景　室内　白天

回到家的美枝子，打开门锁后什么都没顾，径直走上了阁楼。果然，书桌上齐齐地放着九太郎写好的三封信。

211. 内景　室内　白天

美枝子打开信，第一封信是写给美枝子的：

我最最亲爱的亲人美枝子，我一生的挚爱，当你看到这封信时，我可能已经走进了牢房，在你快要生产的时刻不能守在你的身旁，在你撕心裂肺痛苦万般的时刻，不能给你安慰和关爱。为此，我向你——我心爱的妻子表示深深的歉意。

只有到这时，我才深深地体会到了，我每次出门前你眼睛里的那种留住我的眼神。那种眼神不单单含有留住我，还含有着更多的内容，而我当时怎么就没有能够理解和认识到呢？怎么就没能够？怎么就没能……

我挚爱的妻子啊，我一直以为自己很聪明，我直到现在才知道自己的悟性太差了，差到在今夜之前的近三十年过得那般的混混沌沌，那样的好坏不分。只有遇到了你之后，我才得以醒悟，我才得以分辨对错和善恶。

妻子，我太想长久地长久地与你恩爱厮守了。因为，我太了解自己——我这个善与恶、爱与恨、对与错的结合体，加上世间固有的痛苦，恶与恨就自然不自然地在我的体内膨胀起来，膨胀得又是那般疯狂。是你所施、所讲、所用的爱，遏制了我拦截了我，让我从此不再对社会施以那些无知的错误的仇视。

妻子，我太想长久地长久地搂抱你，是你那宽阔的胸怀温暖了我这颗原已冷漠的心，唤醒了我那已飘游出善圈的灵魂，重新回到善爱的驿站。

我挚爱的妻子啊！我永远的爱人。我深深地内疚和反省着我自己曾经有过的无知与困惑，正是这些无知和困惑让我走了错路。我后悔啊！我后悔得把肠子都悔青了。这些无知和困惑造成的错误将会把我俩永久地分开，因为我是学法律的，我深知这点，这种错误的实质就是仇仇相报，使原本已趋和谐的社会重新失衡。罪孽啊！不可饶恕的罪孽！理应让我去承担。

我挚爱的妻子啊！请求你把我们的孩子顺利地生下来，将他哺育成人，拜托了，这就是我对你的唯一要求。

212. 内景　室内　白天
火钵九太郎眼含着泪水，写着信。

213. 内景　室内　白天
美枝子打开桌子上的第二封信，是九太郎写给父亲九月霜的。

214. 内景　室内　白天
美枝子又打开第三封信，九太郎是这样写给儿子的：

我的心肝、宝贝，我的未来和希望，我心中炽热的太阳，我和美枝子共同的孩子，我爱你！我满怀真诚和爱意欢迎你来到这个世界上，来到我们中间，米做九太郎和美枝子的儿子，来做九月霜、贝肯、清叶和信子的孙儿。更欢迎你来到这个既充满了神奇又充满了温爱的家族中。

我的心肝宝贝，我的未来和希望。我的儿子，你的爸爸我要出一趟远门，可能你出生之后，爸爸还回不来，你别怪他，他是用爱和善去疗补被仇恨造成的创伤了，你更不要因父亲不在而着急，因为你还有最最爱你的母亲呵护着你啊，她会用无疆的大爱将你哺育成一个对社会有益的人。孩子呀！我还有许多的话想对你说，想对你说……

你的父亲火钵九太郎

三封信还未看罢读罢，美枝子早已成了泪人，那泪水洒落在信纸上，美枝子她泣泣沥沥，悲悲切切，让旁边的人也禁不住陪泪不止。天色渐渐地暗了下来，黑暗中只有一双双泪眼闪着莹光。

擦去泪水后，美枝子把九太郎留给她和儿子的信夹在了母亲留下的小影集里，收了起来。

215. 内景　室内　白天

邮局里，美枝子把九太郎留给九月霜的信复印了两封，并各附信一封分别寄到中国龙江的呼城政府、中国龙江的人口普查办公室（她是从新闻上得知改革的中国正在进行人口普查），请他们再一次帮忙寻找亲人九月霜。

216. 内景　室内　白天

家里，美枝子分别给九太郎的老师、著名的法学教授平岛一川，她父亲的好友、瑞士的欧文大律师打去了电话，请他们组织律师团队为九太郎进行专门辩护。时间已很晚了，在大伙儿的催促下，她才回到了产房。

（六）

217. 室内　病房内　晚上

这一夜，美枝子躺在床上，未能合眼，回到医院的美枝子，暗下誓言夫妻同命、共度银铛、生死相依、永远相随。那几天，她每天都在病房里写信，打电话给方方面面，为九太郎寻求同情和支持。

218.室内　病房内　白天

美枝子收到了法院传来的消息，一周后，震惊日本朝野的九太郎等人袭美驻日人员团伙案的法庭审理将在大阪市开庭。

（画外音）

九太郎的案子未审之前已被媒体炒作得沸沸扬扬，以日本媒体《朝日新闻》率先追踪进行报道，消息一经传出，立刻引起了日本广大民众的关注。一些社会团体走上街头示威游行，抗议美军暴行，支持九太郎他们的行动，部分城市并由此发生骚动。

219.外景　室外　白天

各大报纸媒体关于九太郎案件的报道。

220.外景　室外　白天

社会上爆发了大规模运动。一些社会团体走上街头示威游行，抗议美军暴行，支持九太郎他们的行动，部分城市并由此发生骚乱。

221.内景　法庭内　白天

开庭那天，旁听人数超过了千人，连旁听席的过道上都坐满了人。旁听的人群中，除了亲属，也夹杂着各媒体的记者。

222.外景　室外　白天

法庭外对面的马路上，站满了示威的人群，警戒线外，他们手拉横幅，上面写着：抗议对好人的施行！美军从日本离开！……高呼抗议审判九太郎一案的口号。

223. 内景　法庭内　白天

随着主审法官的一声槌响，法警将九太郎和他的十六位小组成员依次带上被告席。

224. 内景　法庭内　白天

九太郎站在那儿轻轻地抬了抬头，眯起眼睛顺便向旁听席上望了望。突然，他发现了人群中的美枝子，还发现她在头上系了一朵粉红的绢花，灯光下她像是有些疲劳，可能是昨晚没有休息好，她的身旁围坐着她自己和九太郎的几位同事和朋友。九太郎向他们点了点头，像是告诉他们他很好，又像在问美枝子好吗，美枝子的泪一下子涌出了眼眶，连连冲着九太郎点了几下头，嗓喉里几声轻轻的哽咽，像是在要向他说些什么……

225. 内景　法庭内　白天

咚！就在这时，又是一声槌响，主审法官站起大声宣布："现在开庭！全体起立！"

与此同时，一位法警大声宣布着法庭纪律，不许干扰审理，不许大声喧哗，不许……

随着法官的起立声，美枝子在朋友的帮助下，一手扶着椅子把手，一手托着已经无法再大的肚子站了起来。由于起得急了些，她突然感到了一阵晕眩。

接着在法官的坐下声中，她又重重地坐在椅子上，蒙眬中听到检察官在宣读着起诉书："火钵九太郎，男，年龄二十八岁，广岛市人，该嫌疑人从十八年前，即公元1956年夏，就组织起了犯罪团伙……"起诉书被旁听席上阵阵的议论声打断。

主审法官敲着法槌，大声制止着："肃静！注意法庭秩序！肃静！注意法庭秩序！"

庭内略微安静了一些，检察官又读了起来："在火钵九太郎的带领下，该团体成员……"

226. 内景　法庭内　白天

突然，从窗外传来震耳欲聋的抗议口号声："美军从冲绳滚出去！抗议审判反美人士！停止无理审判！抗议……"

检察官正在念的起诉书又一次被打断了，法警们忙乱着去关闭临街的窗户，旁听席上坐着的亲友团们再也坐不住了，纷纷地站了起来议论指责这场审判，整个法庭秩序乱作了一团，审判无法再进行下去了。

只见主审法官与其他法官低头交谈，然后他又一次敲响了法槌，大声宣布："现在休庭，今天的审理到此结束，此案择日再审！现在把嫌疑人带回收容！"

227. 外景　室外　白天

九太郎和他的十六个小组成员被分别押上了四辆武装警车，警车呼啸着从抗议的人群中缓缓地穿过。

美枝子随人流一同走出法庭时，警车已开出很远了。她远远地看到一架 NIK（全日广）新闻追踪采访直升机，像鹰隼追逐猎物般低低地跟踪着警车做着全程实况录像。

美枝子眼中的直升机渐渐地变成了一片乌云，一片阴气翻滚的乌云、雷声、暴雨、闪电……一种不祥的预感让她不禁打了一个寒战。与此同时，一阵无比的疼痛从腹部传向她的心灵，一声撕心裂肺的大喊中，美枝子昏了过去。

228. 内景　医院内　白天

待美枝子醒来，发现自己躺在病床上，医院已成功地为她做了剖腹产手术。护士见她完全清醒了，高兴地说："我去把你的胖儿子抱来让你看看，顺便喂他些你的初乳，这对他的一生都会有益，他真是个让人心疼的小宝贝啊。"

美枝子抱起了白白胖胖的儿子，当把第一口乳汁喂给他时，美枝子的眼睛里沁满了泪水，她静静地看着儿子嚅动的小嘴，心里却为这个孩子不是时机的到来暗暗地痛苦地祈祷着。

229. 内景　医院内　白天

一位律师走进了病房，将一封把新生儿托养给孤儿院的律师证函送到了美枝子手中。原来一周前，美枝子已委托律师去孤儿院托养了自己的孩子，准备轻装上阵为拯救丈夫九太郎进行最后的一搏。

230. 内景　医院内　早晨

第二天，美枝子躺在病床上看着报纸上通栏的头条新闻就是关于丈夫的相关报道：产妇寄养自己的新生儿子申请与丈夫九太郎共度牢狱生活！一审法庭的主审法官驳回首要嫌疑人九太郎六项减罪辩护！一、以残疾状况恢复良好，曾参加服兵役体检为由驳回致残辩护；二、以没有超过追诉期为由驳回退出组织停止犯罪辩护；三、以长期组织领导团伙犯罪为由驳回轻罪辩护；四、以"二战"后联合国决议驻军合法为由驳回抵制非法入侵；五、以妻子安全生产恢复良好为由驳回需慈爱关怀辩护；六、以中国方面没有任何亲属信息为由驳回属于中方战争遗孤辩护。结论，九太郎被重判已成定局！

231. 内景　医院内　早晨

欧文大律师来到医院探望美枝子并告诉她："三天之后将再

次开庭审理。如果真像媒体所说的那样，我方的六项辩护全被驳回的话，我们只有再找新的证辩理由了。那么，这次的一审判决可能会判九太郎十五年以上的重刑，咱们得有这方面的思想准备。"

（七）

232. 内景　法庭内　白天

一审判决结果下来了，不幸被欧文言中。法槌之下，一审法庭主审法官以长期组织、策划团伙犯罪等罪项判处九太郎无期徒刑终身监禁，其他十六人分别被判三年以上五年以下不等的刑期。看着这样的结果，美枝子气愤、伤心不已。

233. 内景　法庭内　白天

在法庭最后的陈述时，欧文大律师无法按捺义愤，他大声说："上帝啊！您再降些慈爱和公正给这些年轻人吧！您再看一看这一张张幼稚的面孔吧！就是这一张张幼稚的面孔上今天还被刻画着'二战'的阴影和痛苦！救救他们吧！我的主啊！高高在上的法官，你们怎么就不问问他们为什么会犯下这些所谓的罪行呢？他们为什么会干那些傻事呢？

"为什么呢？我同他们每个人都诚恳地交谈过，通过交谈知道了，他们每个人的家庭在'二战'中都遭遇过各种各样的灾难，十七人当中，有十个是在孤儿院长大的。他们每个人都对那场战争充满了仇恨、充满了憎恶，这就是他们干那些傻事的因由。尽管是事出有因，但是，他们并没有能因此而被宽恕，今天他们还是被'二战'的这样那样的余毒所伤害，还受到非民主、非国际、非理智、非人道的对待，还受……"欧文律师的发言被法官的槌声打断："请勿谈与本案无关的话题！"

234. 内景　法庭内　白天

欧文大律师还是气愤地继续讲下去："今天的法庭庭审法官们，你们高高在上的大法官们啊！你们粗暴地驳回了我们被告律师团的所有的辩护请求，将我的当事人处以终身监禁的极刑。从你们驳回的理由看都是那么的有理有据，可是你们为什么就不能再理智地宽容地想一想，就不能再客观地分析一下呢？

"被告九太郎属中方的战争遗孤早已是既定的事实！没有任何亲属信息？这个理由你们提得是多么的苍白！

"让人百思不解的是你们这些高高在上的大法官，以有服兵役体检经历为由否认九太郎的残疾事实，我的上帝啊！让我们都看看站在被告席上的那位九太郎吧！看看他的那只自幼残疾的左手，再看看投影幕上各个时期各方面提供的相关字证吧！你们高高在上的大法官们，你们怎么就什么都能视而不见呢？就怎么能把黑的硬说成是白的呢？怎么就能什么都分辨不清呢？怎么就不能给像他这样的残疾人多些关爱呢？

"你们高高在上的大法官们啊！再顺着我指的方向看一下吧！旁听席上的那位纤瘦的女人就是九太郎的妻子，一位刚刚生产非常需要慈爱关怀的母亲，正是你们驳回了她的合理要求，是你们的驳回让她向孤儿院托养了新生的儿子，申请与她的丈夫一同度过刑期。都是你们高高在上的大法官们，一切的一切都是你们造成的！上帝啊！你怜悯一下这些可怜的……"

235. 内景　法庭内　白天

主审法官的法槌又一次敲响，主审法官打断了欧文律师的发言，故作幽默地说了一句："上帝啊！欧文大律师你的发言太长了，已经超过了法庭规定允许的时间了，这次上帝也无法帮助你让你继续讲了。"

法槌又敲响了，主审法官大声宣布："被告律师团发言到此结束，一审判决法庭现在休庭！将一审判决嫌疑人收回监押！"

236. 内景　法庭内　白天

那天整个的一审过程，九太郎除去问答没说一句多余的话。他的脸上没有一丝表情，只略眯缝着眼睛一直望着前方。旁听席上美枝子几次向他摆手，他都没有一点儿反应，美枝子太熟悉这个表情了，知道他在深思，他在深深地思索，但不知道他在想什么，他就这样一直思索到一审结束。

237. 内景　监狱内　白天

三天后，美枝子探视的申请得到批准，见面那天，九太郎一直用纸巾为她擦去着眼泪，默默无声地为她擦着眼泪。整整半天，只有欧文大律师说了一句："中国龙江方面来信告知，九月霜将军正在办理出入境手续，预计十五日内能到这里。"

238. 内景　监狱内　白天

半天的探视时间很快结束了，临行时美枝子轻声地对九太郎说："咱们的儿子很像你，我把他已托养给了院长阿奇妈妈了，阿奇妈妈已经七十二岁了，但她还是那样地喜欢孩子……"不待美枝子说完，话就被九太郎打断了，他坚定地说："我知道了，还是把咱们的儿子交给他爷爷九月霜将军吧！但是，请他不要向孩子透露一丝有关我们的信息！拜托了，美枝子，您配合欧文大律师把这件事办好吧！"美枝子噙着泪水点了点头，一声没吭地走了，一点点声音都没出地走了。

239. 内景　室内　白天

第二天，美枝子在家看着报纸，多家媒体都在醒目的位置报道：火钵九太郎和他的十六名同伴不约而同地在今天开始绝食，抗议法庭对他们的不公正的一审判决。同时，与他们一道绝食的还有九太郎刚刚生产的妻子美枝子。

240. 外景　室外　白天

在监押九太郎的收容所外聚集了近万人，监墙下、马路上及绿化带上到处都是静坐绝食的人群，一些社会团体开来了三四辆装满了各种扩音器材的广播车，抗议不公审判的发言越过电网高墙在监院中回荡。

241. 外景　室外　傍晚

天渐渐地黑了下来，接近午夜时，静坐人群中有人开始谩骂担任警戒的警察，互骂中人们将石块、啤酒瓶、路面砖碎块等打向警察，数名警察受伤，警戒队伍溃散。就在这时，大量的增援军警乘数辆卡车赶到，警察向人群发射防暴弹和催泪弹，骚乱进一步加剧……

242. 外景　室外　白天

一天、两天、三天过去了，已有五人在这次骚乱的冲突中丧生。

（八）

243. 内景　监狱内　白天

面对社会的动荡，多家新闻媒体对已绝食四天的九太郎做了专题采访，已极度虚弱的九太郎接受了采访，并在监室里做了答记者问。

244. 内景　室内　白天

美枝子也躺在床上看着电视，新闻节目正在实况转播多家媒体对九太郎的专访。电视主持人在问："九太郎先生，您怎么看待一审对您的判决？判决是否公正？您又是怎样看待当前因对你们的审判而引起的这场社会动荡？"

只见九太郎稍稍地侧了一下身子，对着镜头低声地说道："首先，感谢社会各界及广大市民对我的关心和支持，谢谢你们！同时，也感谢各个新闻媒体对我的关注并提供今天这个机会让我和更多的人们见面。再一次向你们表示感谢！下面我想借此机会对关心我们的社会各界和支持我们的广大市民说些心里话，这就是：缓解争端，消除矛盾，制止动荡，共铸和谐，和睦相处，平等共存，保护和平，不要战争！

"面对目前声援活动，这场因我们而造成的动荡，我只是诚恳地向大家说一声：都回家吧，让社会恢复平静吧！别再为我们流血了！为我们几个罪人整这么大的动静？不值！"说到这儿，镜头里的九太郎轻轻地咳了咳，稍歇了一会儿。

245. 内景　室内　白天

一直盯着电视画面看转播的美枝子知道，这时九太郎已经太虚弱了，没多少力气了，他是想使完最后的一点儿力气讲这些话的。趁着插播广告的时间，美枝子眯了一会儿眼睛歇了歇。

246. 内景　室内　白天

过了一会儿，美枝子听到电视里九太郎又说了起来："如果我们不去违法滋事，法权部门是不会将我们绳之以法的。我也深知自己的罪孽深重，不要再为我这样的罪人讨什么公正、公道的了，本是朽木谈何曲直？像我这样一个天生的畸形儿，这样一个仇恨和罪恶的混合体，我生活在今天本身就是对社会和谐和社会发展的一种嘲弄，本身就是对人类的正义与道德、善良与仁爱的一种扭曲，本身就是对人类繁衍遗传和进化与进步的一种玷污。为此，我万分地痛恨那场战争，但是，那'二战'的核爆并没让我清醒，让我成为合作与和平的使者。相反，在致残我肢体的同时，也致残了我的精神。是那场战争的余毒将我变成了一个危害社会和谐的魔头，我曾经想到过收手，但血管中已充满了仇恨的细胞，驱使着我不由自主地去干这干那。

"心地善良的人们啊！再不要为我的判重判轻、刑期长短浪费情感了，更不要为一个仅有着人体躯壳，但内心充满了憎恨一切社会活动的家伙去东拼西打了。离开我！因为我自己深知大家为我所做的一切，我自己不值也不配！心地善良的人们啊！为了不再毒害你们，更为了不再毒害我们的下一代，为了让你们永远地忘记，更为了让我们的后代永远地不知——因战争而滋孽的一切仇恨。经过几天的深思熟虑，我选择了绝食，我的绝食绝不单单是讨个什么公正的审判，讨个什么刑期的长短，讨个什么你赢我输，而是我在向社会坦承这些年来对社会和谐、和平和合作的忏悔，也是在向社会质询着这样罪恶的载体有无存在的必要性，尽管这样会很痛苦，但是……"突然转播现场一片混乱，对九太郎的实况转播画面结束，视频画面开始播出静坐人群正在慢慢地离开现场的镜头。美枝子凭着自身的直觉判断是因为九太郎健康情况出了问题，造成实况转播的中断。看到这她的嘴角轻轻地嚅动了一下，想要说什么，但她最后什么也没说，她流着泪水轻轻地侧了侧身子闭上了疲惫的眼睛，这次她一声没吭选择了追随。

247. 内景　室内　白天

法院主审法官办公室里，电视机旁主审法官仰坐在沙发上静静地看着画面，沙发扶手上放着九太郎一案厚厚的卷宗。听着听着，这位挥槌严惩过无数罪犯的老人脸上流下了泪水。终于，他按响了电铃，女秘书走了进来，主审法官通知她请所有参加审埋此案的人员立即到他的办公室来，连夜研究分析案情。

248. 内景　室内　白天

专访后又过了四天，二审判决下达，判主犯火钵九太郎有期徒刑五年，其他团伙成员一到四个月不等的劳役。

（九）

（画外音）

1966 年，革命波及全球，也影响到了日本。

249. 内景　室内　白天

假释出狱的九太郎成了"日本红卫兵"的领袖级人物，组织各种会议、活动。

250. 外景　室外　白天

民众自发组织各种反美浪潮活动，军警冲突不断，而对九太郎暴打美国水兵事件的不公正判决继续引起了社会的动荡。

251. 外景　室外　白天

在东京街头，九太郎身着军装，手臂上戴着红袖章，站在敞篷车上撒着传单。

252. 外景　室外　白天

传单标题内容：打倒宫本修正主义集团！（特写）

253. 内景　室内　白天

九太郎被一群红卫兵簇拥着，观看齿轮座芭蕾舞团表演的芭蕾舞剧《红色娘子军》，看到常青指路的时候九太郎很激动。

254. 内景　室内　白天

散场的途中，九太郎对伙伴们说："我要去中国，我要串联去北京，我要代表你们和日本红卫兵去寻找马列主义，寻找真理，我还要去找我父亲。"

255. 内景　室内　白天

三个月后。

一、灯光下，九太郎查阅资料；

二、九太郎打电话问询;

三、九太郎出入外务省。

256. 内景　室内　白天

九太郎告别战友,乘机前往中国寻父。

257. 内景　室内　白天

1972 年 2 月,九太郎在飞机入境处被拒,返回。

258. 内景　室内　白天

1972 年 9 月 25 日,日本首相田中角荣访华,中日建交。九太郎走进中国驻日本大使馆了解父亲的情况,申请去华探亲。

259. 外景　室外　白天

1973 年 7 月,九太郎来到中国北方某沿海城市寻找父亲。

260. 内景　室内　白天

九太郎拿着父亲的信息,每到一个部门都被回绝。

261. 外景　室外　傍晚

夕阳下,海堤上人迹稀少。精疲力尽的九太郎横躺在滨海路的躺椅上,吸着香烟,地上扔满了烟头。这时,一个打扫卫生的老者走了过来,将烟头一个一个捡进簸箕里,并认真地把烟灰扫进了簸箕里。

262. 外景　室外　傍晚

内疚的九太郎连忙坐了起来,用日语轻轻地说了一声:"对不起。"随后低着头竹筒倒豆子般地将自己的身世用日语讲了一遍。当他抬起头来再看向老人时，才发现他慈祥的面孔上流满了泪水。老人轻轻地用日语回了一句："我诅咒那场战争。"九太郎惊异地问道："您会日语，您能帮我找我父亲吗？"说罢拿出那张寻父资料让老者看。老人点了点头说："孩子你先回去，照顾好你的家庭，照顾好他们母子。我会尽最大的努力帮助你，找到你父亲。"老者继续说着："我会的，我一定会帮你找到的！"此时的九太郎也是满脸泪痕，激动地说："谢谢！我听您的吩咐，我很快就回国，回去照顾好他们母子俩。"

263. 外景　室外　傍晚

九太郎仿佛遇到亲人一样，站起来，激动地比画着，"我儿子太太郎这么高了，很漂亮，很调皮，整天忙忙碌碌没有闲的时候。"九太郎的比画让老者也高兴起来，脸上充满了笑容。

264. 外景　室外　傍晚

老者稍稍沉思片刻后，对九太郎说："叫什么？太太郎，好玩但不好听，我看干脆叫合和吧！寓意合作、和平，不要战争和核爆。"九太郎拿出笔恭恭敬敬地说："您就把这两个字写在这个启事上。"老人写完后，九太郎把它折叠好揣进怀中。并把另外一份写上家里电话号码和移动号码的寻人启事交给了老人。这时，远处有人走来，老人拿着启事悄然离去。

265. 外景　室外　白天

机场出口，美枝子和孩子来接九太郎，九太郎一脸的笑容。

美枝子问："找到他爷爷了吗？"

九太郎说："快了，快了，有眉目了。"

一家人高高兴兴地乘大巴离开了机场。

266. 内景 室内 晚上

家中，美枝子说："九太郎，快来看我们的宝贝，可爱极了，像极了你！"俩人来到儿子身边，拥在一起看着熟睡中的儿子。九太郎无比激动，九太郎抱着枝子，不停地在她耳边说："对不起，对不起，美枝子，这两年我光顾着瞎闹了，你受苦了！"美枝子颤巍巍地哭了起来。

九太郎说："这次去尽管我没见到父亲，但在我父亲的城市里，我见到了一位老者，他答应我一定帮我找到父亲，并把他的联络方式告诉我，他给孩子起了个名字合和。"

267. 内景 家中客厅内 白天

一天，九太郎偶然机会见到了逃亡国外多年的组织成员、小伙伴川野，他让九太郎帮忙保管一对金属手提箱。他对九太郎说："我要离开一段时间，帮我保管一下手提箱。"九太郎接过手提箱，收了起来。

268. 内景 医院内 白天

1974年，九太郎的小女儿诞生了，因为核遗传而夭折，这让全家陷入了深深的悲痛之中。女儿的夭折让九太郎将痛苦化为愤怒，他成了一名反核的勇士，到处演讲。

269. 外景 室外 白天

遭受打击的九太郎和美枝子失意万分，带着儿子远离喧嚣的大都市，移居到富士山附近的农村生活。

270. 外景　室外　白天

这时美枝子同父异母的弟弟到日本来寻找他们，说贝肯病了，接他们去美国，实现爷孙相认。

271. 外景　室外　白天

身为富豪的贝肯，在机场迎接女儿、女婿，看到外孙，用双手把他高高地举起，幸福的泪水淌了下来。

272. 内景　室内　白天

贝肯为女儿一家的到来，准备了丰盛的家宴。家宴上，美枝了向父亲哭诉："对不起，父亲，都是我的错，这么多年，不接受你的抚养，不接受你的爱，对不起，对不起……"贝肯说："是我对你的关心不够，对你的母亲，我一生都心存愧疚。"说着，父女俩抱头痛哭。

273. 内景　室内　白天

九太郎走了过来劝了一句："让你们沦落到如此境况，这一切的一切，只有等待历史来评说。"

贝肯拍了拍九太郎的肩膀，"好小子，老听女儿说你是一个激进分子，原来你还是一个很有政治头脑的家伙，我女儿没有看错你。"

274. 内景　室内／绅士们的聚会　白天

贝肯带着穿着燕尾服的九太郎出入于各种政治场合。绅士们的聚会上，贝肯带着九太郎，不停忙着向大家介绍着他。

275. 内景　室内　白天

各种政治会议上，贝肯也带着九太郎参加。

276. 内景　室内　白天

九太郎被老贝肯介绍给持有强烈反核意识的美国资深议员相识，美国议员给九太郎讲了很多，九太郎被他深深地影响。

277. 内景　室内　白天

九太郎跟贝肯、美枝子商量着自己想回国发展的事情，他想为反核、反战出自己的一份力，二人理解并同意他回国。

278. 外景　室外　白天

贝肯送别女儿一家。

279. 外景　室外　白天

回到日本后，九太郎成为了一名反核的勇士，九太郎穿着燕尾服到处演讲，著书立说，很有人气，他得到了大家的拥护。

280. 内景　室内　白天

1976 年 9 月的一天，九太郎在室内演讲时突然接到了那位中国老者的电话。

老者说："邀请函已经发过去了，注意查收，你可以办理来华探亲……"还未说完电话断了。

281. 内景　室内　白天

九太郎在使馆办理去中国探亲的手续。

282. 内景　室内　白天

九太郎乘机去中国。

283. 内景　室内　白天

机场，老者穿着军装，精神抖擞。旁边还站着警卫员。九太郎疑惑地问："大爷您好，我父亲来了吗？"老者声音颤抖地说："我就是你的父亲！"说完父子激动地紧紧拥抱在一起。九太郎泣不成声地说："我猜着就是您！我猜着就是您！让我猜对了！"

284. 内景　室内　晚上

九太郎父子彻夜长谈，高兴时哈哈大笑，难过时痛哭流涕。

285. 内景　室内　白天

家宴。因为九月霜工作繁忙，怕影响父亲工作，九太郎主动提出要返回日本。

286. 外景　室外　白天

九月霜派车送九太郎，离别前，九月霜说："下次来一定要把美枝子、我的孙子一块带来！"

九太郎说："孩子的名字我早按您的意思改成合和了！"说完两个人哈哈大笑。

287. 内景　室内　白天

九太郎回到日本后，在区会议上，当选了区议员。

288. 内景　室内　白天

1977 年春，樱花盛开的时候，议员们在国会主要会议上发言。轮到九太郎上场时，他穿着燕尾服，拎了一个手提箱上了讲台。他向所有的议员讲着："现在全球陷入了核恐怖，核爆随时会发生在我们身边。今天，我带来了一颗核弹让你们参观。"说着九太郎打开了手提箱。

289. 内景　室内　白天
议员们看到核弹箱上明显的核标志，吓得纷纷逃离现场。警察迅速地包围了火钵九太郎，警长大声喊着："大家都别动，他拿的是个道具！"砰！一声枪响，议员火钵九太郎倒在了血泊中，是一位年轻的警员由于紧张慌乱中扣动了扳机。这时人们才发现这颗核弹确实是个道具。

290. 内景　室内　白天
会场一片混乱。

警长大声地喊着："救护车！快叫救护车！"同时警长大声呵斥着那位年轻的警员。

警长："谁叫你开的枪？"年轻的警员颤抖着说："我害怕，我害怕，我真的害怕啦，我不是有意的 ……"

救护车呼啸而去……

291. 外景　室外　白天
当天的日本所有媒体以醒目的标题写着：反核议员火钵九太郎因被怀疑携带核弹遭误击身亡。

292. 内景　室内　白天
美枝子一下子苍老了许多，连腰都快直不起来了，但还是一脸刚毅。

美枝子沉沉地看了一眼这个曾经的家，家中台案上，供奉着九太郎的遗像，照片前放着两份唁电，一份是九月霜的，一份是贝肯的。

（镜头）

儿媳美枝子、孙合和：

　　惊悉我儿九太郎不幸去世，为父深表悲痛，愿你们尽快从悲痛中解脱出来，欢迎你们有空回家！

女美枝子、孙合和：

　　获知婿不幸遇难，我非常悲痛，愿上帝保佑你们！

美枝子转身离开，门"哐"的一声关闭了。

293. 外景　室外　白天

美枝子把沉沉的行李搬上了车，然后领着穿校服的儿子上了车，他们要去乡下生活。车渐渐远去……

294. 内景　地下储藏室内　白天

真正装有核武器的手提箱被无意间放在了无人管理的地下储藏室里，在微弱的灯光照耀下，核弹箱闪烁着警戒的光芒！

（字幕）

1977 年金秋，贝肯率新闻代表团访华，同时邀请美枝子与合和一同去中国，在大连海滩，某海军基地司令九月霜与他们见面，一家人团聚在一起。

1978 年 12 月 16 日，《中美建交公报》发表。

全　剧　终

备注：

一、美枝子和母亲信子为同一演员。

二、火钵九太郎服装设定：

1. 前期：头上扎着布带，穿着嬉皮士的牛仔服。

2. 中期：红卫兵服装，海魂衫，绿军服，戴红袖章。

3. 后期：西装长袍、燕尾服。

三、《核！合！和！》剧情大事记表：

1. 1945 年 8 月 6 日，美国政府对日本的广岛实施原子弹轰炸。

2. 1945 年 8 月 15 日，火钵九太郎在大阪中央医院出生。

3. 1942 年，信子去美国留学。

4. 1945 年，信子与贝肯结婚。

5. 1946 年，信子怀孕，美枝子出生。

6. 1953 年，八岁的火钵九太郎在市中心的一所小学读书。

7. 1959 年，六年过去了，九太郎小学毕业了，他十四岁了，他以优异的成绩考入了市的一所名牌中学。

8. 1962 年，三年过去了，十分刻苦的火钵九太郎十七岁了，他又以优异的成绩高中毕业，走进了大学。

9. 1966 年，九太郎二十一岁，他大学毕业了。这一年，与美枝子结婚。

10. 1967 年，九太郎儿子出生。同年，九太郎被判入狱，刑期五年。

11. 1970 年，入狱三年的九太郎被假释出狱。

12.1971 年 5 月，九太郎自己做了橡皮筏去中国。

13.1971 年 9 月，金秋，九月霜被解放，重新担任军队的重要职位。

14.1972 年 6 月，九太郎返日。

15.1972 年 9 月 25 日，日本首相田中角荣访华。

16.1973 年 7 月，九太郎的小女儿出生，因为核爆后遗症的遗传，小女儿夭折。

17.1975 年 10 月，美枝子一家去美国跟贝肯相认。

18.1976 年，九太郎一家回日本。

19.1976 年 12 月，九太郎当选区上议员。

20.1977 年春，九太郎在演讲时因被疑携带核弹被误击。

21. 一个月后，美枝子带着全家去乡下生活。

22.1977 年金秋，贝肯率新闻代表团访华，同时邀请美枝子与合和一同去中国，在大连海滩，某海军基地司令九月霜与他们见面，一家人团聚在一起。

23.1978 年 12 月 16 日，《中美建交公报》发表。

戴指环的红嘴鸥

片头：

鸟声中，漫天飞舞的红嘴鸥飞过，渐渐远去，消逝在蓝天中。

序曲音乐响起，蓝天白云（片刻）。

渐出……远处白雪皑皑的雪山，远处戈壁滩上，一行行走着驼队。

霍尔果斯口岸，国门下，一行青年男女，嘴里叼着护照，双手拉着沉重的三节旅行大包，通过国门，向欧洲走去（背影）。

伴随着这个画面，键盘机械音打字：1988 年，中国最早的民营易货贸易从这里拉开了序幕，迈开了中国民营外贸的艰辛步伐，一步步向欧洲走去……

主题音乐起，推出字幕：

出品人：金鑫

制片人：金鑫（其他制片人待定）

出品单位：甘肃樊声文化传媒股份有限公司

（其他出品单位略）

编剧：金鑫

导演：（待定）

副导演：文扬

总策划：（待定）

演员表：（待定）

第一集

第一场　外景　黄昏

湖光山色，红嘴鸥在空中翱翔。湖畔，游湖的人群熙熙攘攘。

一个女导游一会儿用汉语、一会儿用英语为她的游客们解说着。

第二场　外景　黄昏

一辆越野吉普在拥挤的车道上向着滇池方向缓慢地行驶着。

后排的我斜靠着，点了一支雪茄，微微闭着眼睛，感受着瞬间的闲暇。

时不时地，我会低声催促一下司机毛毛："能不能再快一些。"

平日里并不多语的毛毛，今天被我多次催促，无奈地低声回了一句："董事长，够快的了，再快就不安全了。"

我没有再说话，扭头看向车窗外。

窗外是微波荡漾的昆城湖水。

毛毛（画外音）："董事长，到了。"

我回过神，掐了雪茄。

我下了车，向湖边走去，朝毛毛挥了下手，车子缓缓从我面前离开。

第三场　外景　黄昏

初冬的黄昏，这里的确比别的地方暖和得多，迎面吹来的湖风就如那少女的纤指抚摸着脸颊，让人感觉阵阵温暖，可那肌肤下隐藏已久的丝丝疼痛萦绕着我的心间。

在风的拂动下，湖水微微泛起涟漪，荡漾着推出一道道波纹，一波接一波不停地推向远方，最后在遥远的地方消失。

这景观和残红的夕阳形成了一个交点，能让人产生一种迷妙的幻觉，仿佛，这涟漪就是从夕阳之中抖搂出来的。

"秋水共长天一色"，也许这句经典的诗句只是用错了季节，却用对了地方——昆城深冬如秋。

第四场　外景　黄昏

饭后的当地老人都出来散步。

我又点了一支雪茄靠在栏杆上，看着红嘴鸥，轻轻地念叨着：

> 云昆千般美，
> 仙池万顷波。
> 隔岸绩三宝，
> 几度下西洋。
> 鸟女睿魅浓，
> 情系君心中。
> ……

我自喻是个下北洋的俗人儿，可每每到了滇池，隔岸眺望，总觉得与那郑公三宝相似而不相及，相像而不相比，相意而不相礼……

文化还是同样的文化，民族还是同样的民族，历史还是同样的历史，差异只是——时代不同了。

对岸晋宁的三宝故地，那护堤，那山坡，那村落，还有那同样味道的湖水……

就在我这么比算着、思摸着、感受着的时候，司机毛毛拿着雪茄烟盒走到身旁，从我的手中将那半只雪茄烟拿走，剔灭，我才如梦方醒。

我急忙从衣兜里掏出了一把久存的碎米，刹那间红嘴鸥便团团围住了我，落在我的肩上、头上、臂掌之上，很多很多，拥挤着争相啄食我手中的碎米。

我轻轻地将碎米抛撒出去，瞬间，鸥翅飞舞，红嘴轻鸣，一场绚丽的鸟的芭蕾，一簇盛开在天际的羽翼花卉，展示在我的眼前。

令人惊奇的是唯有一只黑羽头顶（红嘴鸥在成熟期才会有黑羽头顶，繁育期后，幼鸟成熟后，黑羽便自动退去）的红嘴鸥停留在我的肩膀上，久久、久久不肯离去。

回头望去我惊喜地发现，它竟是一只戴着指环的雌鸥。

我轻轻地抚摸着它的羽翼，拨弄着它的红嘴……

我瞪大了眼睛，轻轻地问了一声："姐？"——清脆的一声嘶鸣，它挥翅而去。

随着这声嘶鸣，我的泪水流了下来。

而这鸣叫声已透进了我的心扉，勾走了我压抑许久的情魂。

第五场　外景　黄昏

这一次，我又见到了她的笑容，不！应该说，是鸥的轻鸣声抽走了我的情魂。

特效：余晖中，天空浮现出了一个熟悉的笑脸。

配制画外音：人的情思传递在蓝天之上、白云之中，夹裹在太阳的光束里、月色的皎洁中，唯红嘴鸥是我情思的使者、书信、意念风……

这山、这水、这鸥、这难解的一段段情思，让我陷入了深深的回忆之中。

快闪镜头，植入电视剧片花：我和我姐出国创业拿护照签证镜头、拉着大包跟姐行走的镜头、跟小混混打斗的镜头、西伯利亚一望无际的森林镜头、姐为红嘴鸥钉小屋的镜头……

第六场　外景　黄昏

毛毛泊好车出现在我面前，打断了我的思路。

他身材瘦高，一身休闲装扮，手里提着一袋颗粒鸟食，看向我。

我点头示意。

毛毛将袋子里的食物大把大把地撒向天空，那些静栖湖面上的红嘴鸥又变得热闹起来，"扑棱扑棱"争先恐后地飞聚而来，带着发现食物时特有的欢鸣，将空中的食物轻啄入嘴。

毛毛的抛食让鸥的芭蕾重新再舞。

我面带微笑，一动不动地站在那儿，认真地察看着、寻觅着，想再次寻找到那熟悉的身影和烙痕般的指环——那只披着婚纱的新娘。

直到毛毛提着空空的鸟食袋子，来到我身边，跟我说："天黑了，该回去了，一会儿就看不到鸥了。"

说实话我实在不想离去，在车笛的催促下，我郁郁地回到了车上，可我的思绪、我的心、我的情、我血液流动的那种轻颤，依旧停留在那堤岸、那绿波、那淡暮、那无数飞翔在天空的精灵的低鸣之中，依旧隔窗认真地察看着，许久、许久……直到只闻鸥鸣，不见鸥影。

第七场　外景　黄昏

车子启动，向着城区驶去。

几天的劳顿让我微微感到有些疲惫，可是像我这样的人，闲暇时总会感慨点什么。我坐在车里一脸疲惫，陷入了对往事深深的回忆之中。

第八场　内景　阴

我是从西部苦学出来的孩子，先天不足——在那场动荡中，我这个"牛鬼蛇神的狗崽子"没有取得上高中的权利，失去了学习的机会。

植入镜头：陪着父亲上台挨斗、背着编织袋挖野菜野草喂兔子、被同龄上学的孩子耻笑、小小年纪背麻袋的镜头……

第九场　外景　阴

恢复高考的第一年，我输在了起跑线上，只够录取大专。

我沮丧地回到家里。

那天，父母谁都没有说话，就这样默默地吃完了晚饭。

我悄悄地对着父母说了一声："上本科差一分，我去不去……？"

老爸沉沉地说了一句："争口气，再考他一回。"

从那天起，我努力读书，除了吃饭睡觉，不分昼夜地看书复习，又自学了两年。

植入镜头：抱着一摞课本儿高兴的镜头、上班时吃饭时也边吃边看书的镜头、夜班轰隆的机器声中趴在工具案上看书的镜头……

鞭炮响起。

我以全市文科第三名的成绩，考上了省重点师范。

送行的车上，我一声不响，静静地坐在后排，脸上闪过丝

127

丝的缺憾。

第十场　内景　夜晚

没考上理想的大学让我不自觉地感到深深的缺憾，怀揣着梦想的我一次又一次地选择着什么？

第三门外语、国际贸易、经济师资格证、营养师资格证，我怀揣着厚厚的一沓证书。

植入画面：教室外，几个领到新证的青年，挥舞着证书跳着、叫着。

我把证书一本一本地摆在床上，脸上露出了笑容，不一会儿，我趴在证书上睡着了。

第十一场　内景　白天

领导办公室里，我向他递交了停薪留职申请。

领导慈祥地对我说："孩子，你可要想好了，'下海'我不反对，可别钱没挣到，还影响了你个人的前程。"

看着领导签了字，我只是轻轻地答应着："嗯，嗯，知道了。"边回答边拿着签了字的申请，默默地走出了办公室。

在领导和同事们的一片惋惜声中，我如同一只久居笼中的小鸟儿，自由地飞向了天空，跳进了改革开放的大潮。

第二集

第一场　内景　白天

我在家里打包着行李，把厚厚的一摞 1989 年《读者文摘》塞进背包。妈妈叨叨着："日用品多带点儿，买得要钱。"

家人、朋友都不解地看着我，问我："为何要带着这么多书，还有毛笔、墨块和埙？"

我轻笑着回答："毛笔字到任何地方都得练，要不然没有进步，妈妈会打我的。不带笔、不带墨，怎么写？怎么练？埙是我解闷的宝贝儿，心烦时吹吹它。至于杂志嘛，第一，这一年里采用了我的一篇文章；第二，如果我遇到了好朋友、志同道合者，我也可以送他们几本；第三，最关键的一点，我要把这书中的故事、西部的发展和家乡的变化讲给那边的朋友们听……"

第二场　外景　白天

蓝天白云下，一列火车穿越白山黑水、松林翠柏呼啸而去。

第三场　内景　白天

我静静地坐在边贸洽谈会应聘席位中，一个最不显眼的角落里，桌上放着我的简介，我独自翻阅着那本杂志。

形形色色的洽谈者，从我面前走过。就这样，整整三天，连一个向我索要资料的人都没出现，也没有一个人来咨询过我。

会期马上结束，表面镇静的我心急如焚。

第四场　内景　夜晚

边贸洽谈会结束的那个晚上，白桦市政府宴请各路"神仙"，我也凑数算上个"小鬼"，出席了。

会场里，那些异国的客商们来来往往，大声地交谈着。

第五场　内景　夜晚

休息大厅。我怯怯地坐在角落里，表面上是在看书，实际上低声模仿着他们的言谈举止。

"……这个项目非常好，在远东会很好地发展起来……"

"嗨！伊万，你找到对口的客户了吗？"

"维雅，你这两天太美了！赚足了所有白桦市男人的眼光……"

突然，一只大手重重地拍在了我的肩膀上。

市长（画外音）："小家伙，我都注意你三天了，别傻坐在那儿只顾看书，把你那宝贝儿收起来，跟我进去。"

我一愣，抬头一看，原来是白桦市市长。我急忙站起身来，跟在市长身后。

市长是此次经贸洽谈会的主持人。身后十多个人拥簇着他向宴会厅走去。

一句"谢谢"还没说完，我便被他拉着手拽进了宴会厅。

第六场　内景　夜晚

宴会厅中飘着欢快的乐声。

市长把我按坐在他的身旁。

市长向客人们介绍最后一道菜——乌苏里江大白鱼。

市长："这是满汉全席中的一道名菜，叫'咕噜鱼'，也叫'大白鱼'，在北京吃非常昂贵，可是在咱这旮旯，江、湖、河、汊，随处可捞。

"今天，每桌的鱼都在十八斤以上，做法也很考究，先用四肥六瘦肉馅填肚，鱼身正反改斜口刀，再将三寸长、两寸宽的薄片鲜腊肉夹在斜口内，装盘，浇上明油，撒上姜葱，上旺火蒸半个小时，就可出锅。

"动筷子、动筷子！这味道别提有多美了，百吃不厌，千吃不腻，万般回味，请大家品尝。"

市长的这番介绍，迎来了一片掌声。

市长坐下对我说："小伙子，来，我给你夹块尝尝。"

随着市长的话音，一大块鱼肉夹进了我的碗里。

我"嗯"谢着，埋头猛吃。那块鱼我吃得特别香，那顿饭我吃得特别高兴，让我突然感觉到自己很有地位，很有价值，内心的那种自豪感油然而生。

最让我高兴的，还是市长向在座的所有客商们像介绍大白鱼那样推荐了我，并立马得到了回应。

第七场　内景　夜晚

特写镜头：一个很美丽的女人向我走来，"你好，我是白羽。我们可以谈谈。"

我回头，惊艳于她的美，还有她身上淡淡的幽香。那是一个很美丽的女人，她给我的第一感觉是笑起来更美。在我的学生时代，我从不用"沉鱼落雁，闭月羞花"之类的词语去描述一个漂亮的异性，总感觉，在我见过的女人中，这几个词似乎都被糟蹋了。

可是今天我有点恍惚，这些词语全都用在这个女人的身上，仿佛还降低了她的美艳。我内心想着，这样的女人才是真正的美颜、真正的秀色、真正的娇爱。

她小心翼翼地跟我说："我要去俄罗斯从商，可还没有找到合适的项目。与其说是去从商，还不如说是去考察，所以需要一个翻译，而这位翻译还要懂得一点点的商业知识。

"至于报酬方面，可能开始不太理想，以后公司发展了，生意做大了，都好说！"

我迟迟没有开口。

对于我的犹豫，她莞尔一笑，轻轻地冲着我举了一下酒杯，说道："若你感觉为难的话，就算了！"

我稍稍愣了一下，轻轻地点了点头，说："您试着用，不满意的时候只求您给我买一张回程的机票。"

"哈哈哈哈……这小子挺实在，可塑之材啊！我提前祝你们合作成功！"市长在一旁大声地打起了圆场。

在座嘉宾纷纷站了起来，举起了酒杯。

我有些痴愣、脸红，还呆呆地坐在椅子上。

市长秘书急急忙忙地从背后跑了过来，扯了扯我的衣服，低声说："小伙子，赶快起来！也表示表示。"

我顺从地站了起来，看都不敢看大家一眼，一扬脖，把杯中酒一饮而尽。

饮罢了这杯酒，从未喝过酒的我，借着酒劲儿，忘却了胆怯和羞涩，用俄语大声地唱起了《喀秋莎》。

会场上响起阵阵掌声。

在市长的鼓励下，当场我还秀了一手书法：

> 改革创业小青年，
> 无人问津自悲叹。
> 明睿市长把我荐，
> 多彩人生道路宽。

那天晚上，我出尽了风头，吸尽了眼球。

第八场　外景　夜晚

我和白羽一同走出了宴会厅，走在种满了白桦树的街道上，她微醺，步履有些踉跄。

我从背后看了她几眼。

秀发披肩，修长的身材穿着紫红色的风衣，长长的围巾随风飘逸，脚下一双棕色中靿短靴，落落大方，美艳动人。

在我的眼中，她比这白桦秋景更美，我痴痴地看着她。

植入画外音："她是否还是一位女神？"

第九场　内景　夜晚
酒店外室。开好了房间，我扶着白羽进内室（背影）。

第十场　内景　夜晚
酒店内室。白羽带着醉意，嘟囔着："你的国外工资每天一百元人民币，我们俩的一切生活由你安排、打理，住宿时以姐弟相称，你住外间，我住里间。不用你洗衣倒水，也不用你买菜做饭，但是，我的安全和生命从今天起就交给你了……"

话还没说完，她就一头栽倒在床上睡着了。

我帮她脱去了靴子。

我小心地把门带上，回到了外间。

第十一场　内景　夜晚
酒店外室。那夜，我从背包里拿出了那只伴我许久的埙，轻轻地吹了起来："小白兔，白又白，时时调皮跳起来……"将埙音献给我遥远的母亲。

不知道折腾到了几点，我才脱衣上床睡觉，不知不觉中我一觉到天明。

第十二场　外景　白天
渡口。边检、验照、登船、过江、住宿、购机票、记账……让我忙活得不可开交。

第十三场　内景　白天
一架伊尔客机凌空而起。

机舱内。

第一次坐飞机的我十分兴奋。宽敞的机舱，我来来回回走了六七趟，与所有认识不认识的人比画着，点头打招呼。

背靠悬窗的白羽，看了会儿画报便睡着了。

旁边座位上那位拎着一小筐土豆，乘机去莫斯科看望女儿的俄罗斯老太太，便成了我一路无所不说的话友。

不到两个小时，我会说的俄语已经全部使用完了，再说就都是重复的废话了。

为了避免让老太太看出来、瞧不起，我只好装睡，低头不语。

可是，睡不着觉的老太太却不住地推搡着我，说："年轻人醒醒，再陪我说会儿话……"

她越这么推，我越装睡，别提有多拘谨。

靠在座位上假寐的我心中浮现一首诗（画外音）：

> 人人会说话，
>
> 话本人人说。
>
> 说完会的话，
>
> 话重不敢说。
>
> 说了嫌啰唆，
>
> ……

第三集

第一场　内景　白天

莫斯科尼古拉机场大楼里，那位拎着一小筐土豆的俄罗斯老太太扭搭、扭搭、扭搭地走在我们前面，还不时回头问我们去哪儿，说："我女儿自己开车来接我，你们呢？一道走咯？"

后来她说了她们的去处，正好反向。

第二场　外景　白天

我们叫了辆出租车，在路边等候。

不一会儿，出租车来了，我们开门上车。

出租车飞驰在路上，向市区驶去。

从车窗里看到后排面无表情的白羽和副驾上激动的我。

第三场　内景　白天

透过玻璃窗，一个个小区从眼前的森林中冒起。后来我才知道，这是组成这座城市的"单元"。

突然间，白羽让我问司机能不能停一下，让我们四处走走看看。

司机友好地将车停在了路边。

第四场　外景　白天

随着白羽的步伐，市中心的森林扑面而来。

在近距离的观察之下，我意识到这才是原生态的，这才是永恒。

莫斯科的森林好大啊，有的松树，要三四个成年人才能环抱住。

她踏着如毡的绿草，走到一棵大树下，微微抬起下颏，踮起了脚尖，双手顺着大树褶皱，渐渐地向上伸展，目光也顺着树干轻移，直到没入高高的树冠，怔怔出神。

忽然，她将手臂环绕在树干之上，轻轻地抚摸、拥抱……

远远看去，她的线条是那样的凹凸柔美。

我猛地感觉这个柔弱曼妙的女人似乎一下子长高了、成熟了，就像眼前的这棵大树一样，雄壮，挺拔，高大。

我愣在原地，呆呆地看着她。我（画外音）："姐——"

第五场　内景　白天

我们在红场附近选了个棕红色外墙的宾馆住下。

刚把东西收拾好，白羽交给我一个写着目的地的条子，我们又出了门。

我们打车去了莫斯科新区五月一日镇。

我们到了中共六大会址，参观了那栋很破旧，虽不太古老但对中国共产党有着重大影响的旧房子。

我们俩出出进进，又转了许久许久……

在那里参观时，我情不自禁地用俄语哼起了国歌："起来，不愿做奴隶的人们，把我们的血肉筑成我们新的长城……"

姐听着我的歌声，像是在品味着什么。

第六场　外景　黄昏

我们直到日暮时才姗姗而归。

回来路过红场，我们有意无意地走到红墙下，这里人影稀疏，好几个亚裔长相的人儿，怀着和我同样的心情，面对着赤色世界，尤其是"二战"时期的伟大时光，内心颤抖着。

他们激动地抚摸着红墙。

这时候我看到了白羽的眼神，只是轻轻地一瞥，然后便转身离开，无奈之下我唯有跟着。

离开了那儿，我才明白她为什么会这样，这堵墙不可能成为忏悔墙，更不可能成为圣石，也不会成为……

忽然，让我感觉到了一种无声的尴尬和无语。

回去的路上，望着夕阳一点一点没入远处的山脉中，残阳染红了她白皙的面容，却掩不尽她眼中的落寞忧伤。

那沉沦的落日，仿佛掩藏着她心中的悲怆。

我们慢慢地往回走，路过了许多地方。

我们路过了通宵达旦的舞场，也路过了灯红酒绿的夜店，还有中餐厅，我们都没有停留，依然回到了那个棕红色的宾馆。

第七场　外景　夜晚

旅馆咖啡厅优雅的音乐声依然响起，芭蕾舞演员在舞台上翩翩起舞。

吃饭的时候，我们并没有过多的言语。

当萨克斯美妙的声音响彻了整个咖啡馆，白羽站了起来。

顺着她的目光，我看到咖啡馆门口，一位五十多岁的俄罗斯学者，在向她打招呼。

她邀请那位学者入座。

在之后的交谈中，我知道了对方是一位政府的高级官员，他只是简单地说了一句："近期这儿会很乱，不宜停留。"

我把这句话翻译给了她，她让我问那位先生一句："去哪儿做贸易最安全？"

他没有回答。

我们沉默地继续用餐。

餐后，他如绅士般随手写下一张条子，交给了我：伊尔库茨克，库茨诺维奇将军，他是我的好朋友，是个值得信赖的人，电话……

而后，他便匆匆离去。

第八场　内景　夜晚

我和白羽走进房间。

我问："明天？"

她回："伊尔库茨克。"说罢，便回了内间。

我灭灯睡觉，一夜无语。

第九场　内景　凌晨

飞机客舱里，白羽显得异常安静，随手从前排的背袋中，抽出一本苏联的流行杂志翻阅着。

随后她又侧脸久久地看着窗外的景色。

她的面颊倒映在机窗玻璃上。

忽然，我看见她那秋水般的双目中波光涟漪，似乎漾出了泪珠儿。这是我初见时恬静却笑容如春风般的她吗？

但是可以断言，这些绝不是我的错觉，我需要更多地关注她情感的岩层。

当时的我还年轻，正对异性充满了遐想、向往和魔力般的痴念。何况，每天与我相处的正是这样一位文人笔下超顶级的靓女，她身上透出的青春、靓丽、恬静，充满了梦幻般的诱惑。那种美让人情不自禁地将目光有意无意地投向她。

我疑惑，她那时不时有意无意流露出的哀伤源于何事？她那眼神中时常出现的凄凉，又源自于何方？

第十场　内景　白天

下午三时抵达伊尔库茨克机场。

从机场大巴上下来，白羽依然心不在焉。

下车时，她竟然忘记拿随身小包。

当我从后面把包递给她时，她猛然抬起头"啊"了一声。

随后，她迅速垂下眼帘，一如既往地笑道："瞧！昨晚休息不太好，今天竟然恍神了。金，谢谢你了。"

我没有笑，因为我发现她今天的笑容无比苍白。

植入画面：昨晚上半夜，我一直在听她打电话，直听得我迷迷糊糊睡了过去。

第十一场　内景　白天

走进宾馆大厅，我关切地问道："你是不是哪里不舒服？要不要我去买些药给你？"

"不，不，我没事，你还是快去办入住吧。我坐在这儿等你。"白羽回答我。

我在宾馆前台办理入住手续。

待我回来，她正在宾馆大厅和一位华裔少妇说话，那少妇还带着一个小女孩，小女孩一直目不转睛地瞅着她，还不时凑到她妈妈的耳边讲上两句悄悄话。

我乐了，笑着揶揄她道："你看，连小孩子都被你的美丽吸引了。"

"呵呵，我看，她是被我手中的薯片吸引了吧。"

她扬了扬手中的薯片，随后便转身去逗孩子。小女孩似乎听到我们的对话，甜甜笑着，奶声奶气且颇有志气道："你好漂亮呀，妈妈说，你是天上的仙女，我长大了也要像你一样，变成仙女哦。"

她的脸瞬间红了。

孩子的妈妈也随声附和。

我冲着她眨眨眼睛，同时暗暗对小女孩竖起大拇指。

她面庞上的红晕再度泛起，露出个无奈的笑容，转身和小女孩说起话来。

两人很快成了好朋友，大手拍小手唱起了儿歌："小螺号滴滴滴吹，海鸥听了展翅飞……浪花听了笑微微……"

看着这对一大一小的忘年朋友，我心中感叹她竟然还有和小孩子亲近的本领。

两大一小三个女人相谈甚欢，我却被晾在一边许久、许久。

直到那孩子的爸爸来了，领走了她们娘俩。

"咱们也到房间去吧？您如果想打电话，我已开通了国际长途。"我说。

她微微一愣，眼睛里充满了柔情，转而又闪烁着感激，依旧是轻笑。

她摇了摇头，向我道谢："谢谢你的安排。"

第十二场　内景　白天

亚欧最大的淡水湖贝加尔湖畔现代化都市伊尔库茨克美如仙境。狭长弯曲的湖水，好似月亮一般镶嵌于西伯利亚翠绿的崇山峻岭之中。

白羽站在宾馆独立别墅二层的阳台上，推开阳台门向远处眺望。

身形修长的她一袭睡衣，长发随着湖风轻轻地飘逸。

站在她的身后，看着远远的湖水以及远处的山脉与这青碧相连，仿佛她就是那画中的仙子矗立。

相湖而伴的城市有着独特的自然风景，荡漾的清波、无垠的草地、一望无际的原始森林，还有夜晚另类的狂野。

而她一直沉默着。

然而，那种沉默的高贵总是伴随着这美丽，像是要永久地被定格一般，轻柔、浪漫，更是我不愿去打破的宁静。

第四集

第一场　外景　白天

第二天清晨，跟着白羽走在伊尔库茨克宽阔的大街上，我并没有感觉到这是一座拥有六十万人口的大城市，相反却像是走进了一座恬静的小镇，只有在中心最为繁华的马克思大街上，才感觉到了些大城市的味道

拥挤的购物者，大街上车水马龙，人行道上传来鞋跟儿撞击石面密集的"嘎嘎"声……

安加拉河、伊尔库茨克河两旁集中着居民们的别墅，以及坐在河边垂吊的老者。

集合小镇让这个城市显得那样的巧妙，良好的生态环境、自然多样的产业化，是这座美丽城市的最大特色。

乘车驶过，让人流连忘返。

征求了她的意见，我们决定在这儿多住几天。多看看贝加尔湖的壮观，多看看安加拉河的多姿，多看看梦幻中的工业城。

第二场　外景　傍晚

到了夜晚，整座城市陷入了欢歌情语，霓虹阑珊下，青年男女在手风琴的伴奏中翩翩起舞。

不远处的迪斯科广场，人潮涌动，传来永不停歇的优雅萨克斯声，直到天明。我和姐伴着音乐，品味着列巴，喝着啤瓦，一夜无眠。

第三场　内景　夜晚

白羽在内间，我在外间。

她已经通了几个小时电话。

我躺在外间，听不清通话内容，但通过她断断续续的话语，我能感觉到她的哀伤。

"我已经到了伊……"

"还好，我会尽快地去找你想要的那份图纸、那关系……"

"多想想再决定，你只是一个学术界的金融家……"

"嗯、嗯、嗯，好的！……"

我迷迷糊糊地睡了过去。

第四场　外景　白天

自从那电话以后，我们便开始忙碌，我跟着白羽早出晚归，穿梭于各色人物之间，她总以高贵的微笑处事待人，谈吐风雅。

无疑，不论她走到哪里都会是所有人的焦点。更会有许多的男士主动与她接近，很快，她便在当地赢得了属于自己的交际圈。

日子一天一天地过去，寒冷的西北风渐渐刮了起来，她还是那样忙，我还是那样跟。她还是那样的电话，而我因为思乡，更喜欢在夜晚看看天上的月亮。

西伯利亚的下弦月特别多，几乎占到月夜的一半以上，每当那钩弯弯的下弦月钩起松林那高大的松梢时，我的心也总是被从胸膛里勾出。就这样一次次又一次次……

第五场　内景　夜晚

半夜。电话铃急促响起，将我从深睡中惊醒。

白羽迅速地接起了电话。

那是一段很长很长的通话，但有时却沉默得让人揪心。

"那图我见到了，但我怕有假。"

"放心，我会努力的，为了我们的将来，可是我不明白的只有一点，你是马六甲海峡旁弹丸小国的教授，要这做甚……"

这样的话每天都会重复，她挂了接，接了挂，有时会听到她长长的叹气。

直到我听到她唤我的声音。

我应声走了进去。

那天她精心收拾了一下自己，借着月光我看见，她穿着睡衣坐在躺椅上，与以往不同的是，那天她手里端着一杯红酒。

她说："我联系好了将军，明天去看，是当地最有名的拖拉机厂。"

"好的！"我轻轻点了点头，说了一声，"你还是早点休息吧。"

她只是微微一笑。我离开了内室。

从内间出来，我躺着，只听见了她窸窣的声音，好似是辗转反侧，更好似有所思考，赶走了她的所有的睡意。

在我迷迷糊糊的时候，那声音依旧响着……

第六场　外景　清晨

阳光投射于波光粼粼的安加拉河，倒映着整座城市的安逸，欢声笑语。

窗外传来喇叭声。

我们急忙收拾妥当，匆匆下楼。

第七场　外景　清晨

伊万洛维奇是我们去参观拖拉机厂的司机和向导，此时他正站在车前等我们。

在车上，伊万洛维奇告诉我们："这儿有生意可做，伊尔库茨克拖拉机厂是苏联最大的坦克生产厂之一。'二战'时期，从这里制造的坦克源源不断地运往了前线，最终战胜了德国法西斯。"

车子载着我们，直接进了拖拉机厂。

五十多岁的库茨诺维奇少将热情地出来迎接我们，他络腮胡子，身材挺拔而魁梧。

"哦！欢迎你，美丽的羽小姐！议员已向我介绍了你。嗨！小伙子，你也太瘦弱了吧？"少将开了句玩笑后和我握了握手。

对于这个玩笑，她只是礼貌性地笑了笑，用眼神示意了下我。

我自然明白她的意思，说道："少将先生，此次前来我们是希望和你们达成共识，做成推土机、装载机的整机批量易货贸易。"

"哈娄少（俄语：好）、哈娄少、哈娄少……"少将高兴地笑着说，"可以，可以，愿我们合作成功！我先陪你们到处走走。"

他边走边介绍，加工分厂、组装分厂、测试分厂……

最后他带着我们走到一大片的开阔地前，指着起伏的丘陵、湖水、残破的楼房、残缺的坦克以及横七竖八躺在地上的树干，说："这里是我们产品的试验场，原来是检验坦克的。"

"推土机和装载机都被伊拉克订光了，你们要废坦克吗？我们可以谈，很便宜的。"

她听闻了我的翻译，淡淡地笑着，没有其他表情，我已然明白她的意思，反问少将："你们有多少废旧的坦克，或者钢材？"

少将随手指了指前方的跑道，说："这里铺在地上的钢铁，足够美国人炼两年。"

他继续说："这条椭圆跑道一百多公里，是我们用长两米、宽一米五、高一米的钢块铺成的。"

听完他的介绍，我很新奇激动，不停地向伊万问这问那，打听报价，我知道当时国内的建设急需钢材。

可她依然是毫无表情、一声不吭。

第八场　内景　夜晚

回到房间，白羽半天无语。

她对这单收入颇丰的生意毫无兴趣，只有很多年后，我才明白了这其中真正的含义。

天空繁星点点，照耀着不眠的人们，构造了一座不眠而多情的城市。远处广场的音乐声清晰可闻，让我一夜无眠。

今天的商洽，是一个很不错的机会，可直到现在我也没有搞明白她为何没有答应下来，难得的是那天我失眠了，考虑起她此行的真实目的。

电话铃声毫无预兆而仓促，她的通话声音传了过来。

"……不能这样，我没有办法保证……"

"……另外，可能他们也像是盯上了我。"

"这样……不行，那太冒险了。"

"不是不敢，是我输不起。"

"好的，我明天会去那里！"

我听到她的声音中带着哽咽。

简短的通话感觉带着愤怒，最后是一声长长的叹息。

虽然我不知道她一直是为了什么，可从只言片语中我听出来，明天将离开这里。

电话结束了许久、许久。

无奈最后我走进了她的房间，我在等啊等。

"明天，我们怎么安排行程？"我问她。

"黑松林。"她回答了我一声。

第五集

第一场　内景　清晨

借着车窗，向外远眺，走在路上，我再一次地望了一眼这美丽的地方，还有那美丽的大湖。

当我看到白羽那微带冷漠的眼神后，还是收回了心神，这一次的出发，又将要去面对什么呢？

> 贝加尔湖美清幽，
> 两河交汇绕伊州。
> 大森浩瀚酱羹鲜，
> 难留情怀未果愁。
> 轻身乘风再东去，
> 与那保尔论春秋。

第二场　外景　白天

当神秘的黑松林出现在我的眼前，我一下子被扑面而来的现代的原生态气息深深吸引。

这里的景色太过于美丽，我已经忘记了去形容，只是长长地吸了一口气，感受着清新的空气给肺部带来的舒服感觉，陶醉了。

一望无际、苍松蓋天、幽林深谷、百鸟齐鸣、野兽低吼……

就是这样一块地方，丝毫没有遭受人类的破坏，保持了最为原始的美丽和壮观。

我们住在了黑松林郊外的一座小镇，一栋小洋楼，却能和房东比邻而居。

第三场　内景　白天

日子仿似没有任何的变化，依旧出入着各种宴会场合，和白羽一起在一切可以帮助自己的人中来往着。

第四场　内景　白天

这天，我们拜访镇长布鲁卡。

镇长布鲁卡五十多岁，是这里德高望重的人。

他热情地招待了我们，并讲述了这里的故事："'二战'最困难的时候，保尔·柯察金曾带领着自己的队伍，在这里创造了让莫斯科战胜了寒冬、温暖了人民的奇迹，《钢铁是怎样炼成的》故事中的共青城就是这里，这是一块俄罗斯的风水宝地。"

镇长布鲁卡热情地为我们推荐着当地的两个木材商人，并介绍他们的情况，让我们去和他们熟识，渴望我们达成协议。

一个商人叫列金，做了三十年的木材，才卖出去了两万多方木头，有自己的汽车和铁路专用线，但他性格古怪、心胸狭窄、大惊小怪，让人难以捉摸。

另一个年轻商人叫米萨，从没有做成过一笔生意，但是他是大半个黑松林的继承者。

第五场　内景　白天

那天我们回到住处之后，我轻轻地对姐说："咱们就在这里创业吧！这里有一望无际的大森林，木材资源非常丰富，咱们那儿又有大市场，这里的人们也很善良，关键是这儿还有那钢铁一般的精神财富。"

"您看过《钢铁是怎样炼成的》吗？"我轻轻地问了句。

她只是点了点头，没有说话。

我接着说："我看《钢铁是怎样炼成的》那本书时，还不到十岁，是靠翻着字典才读完的这本书。那时，我喜欢保尔的勇敢，用朱赫来教他的拳法，一记重重的上勾拳将那满脸雀斑的肥胖坏小子打倒在水塘中。我十七八时，喜欢保尔的浪漫爱情、生活，冬妮娅、丽达、达雅那一段段、那一句句、那一幕幕让我激情万种……"

"那你现在还喜欢他什么呢？"她轻轻地这样问着。

"现在我喜欢的是保尔那种勇敢和忠诚，还有那种不屈不挠的工作精神……"说罢，我走了出去。

我去外屋给她烧水，刚出门，我听到了她打电话约了米萨。

不一会儿，当我把水杯递给她时，她轻轻地对我说："我更喜欢的是这本书的作者——奥斯特洛夫斯基。金，你有一点他的味道。"

"我还是去院外吹会儿埙吧。"我淡淡一笑，拉门出去。

第六场　外景　傍晚

我坐在小院的长条凳上。

埙的呜呜声仿佛在向黑松林叙说着我的内心世界……

那天晚上，我回来得很晚，随意地洗了洗就躺倒睡着了。

第七场　回忆　虚化入镜

那一夜，我梦到了失明后的保尔和他的助理（护士），我热情地向他们打招呼，想为他们做点什么，冲杯咖啡，沏一碗中国的茶，或者拿出些干果来……

不知为何，我做什么都觉得那么的费力。

突然，我发现我也失去了光明，我和保尔之间所有的交流，除了语言，就是双方的触摸、意念和精神的诉说。

我们在亲切地交谈，他的助理在为我们忙前跑后，问这问那。

保尔向我讲述着他的文学作品，我也向他讲述着自己对文学的美好憧憬，我们就这样讲了许多、许多。

直到那放了三块糖的咖啡端到我手里时，手被烫麻了，才突然将我惊醒。

第八场　内景　深夜

我睁开眼，发现自己仍然躺在床上，活动了一下身体，发现是手被自己的身体压麻了。

这时天已蒙蒙亮了，但我的心仍被那失去光明的梦幻，吓得震颤不已。难道有一天我真的也会变成一个盲人？像保尔一样地完成自己的精神创作？需要助理帮助我后半生的生活和工作？……我越想越恐惧，一下把头紧紧地蒙进厚厚的被子里，用头不停地触碰着床垫，声嘶力竭地喊叫着："我不做盲人！我不做瞎子！我不做……我要光明！"

这种无数次、无数次、无数次的恐惧的喊叫……

这种无数次、无数次、无数次的祈祷般的碰撞……

这种无数次、无数次、无数次的哀求似的念叨……

不一会儿，让我大汗淋漓，虚脱在那儿。

我想把头伸出被窝，但我真怕验证我昨夜的梦幻，我想就这么躺下去、躲过去、懵懂过去，等待着用别人和外力来打破这可怕的噩梦。可是，我等了许久、许久，也没有任何人和外力来帮我一把。

时间就这么一分一秒地过去了，小楼外面那可恶的公鸡已叫过了三遍，仿佛在催促着什么。

无奈中，我嘴里念叨着："由它去吧！管它真假。"

我一把将盖在身上的厚被扔在了地下……新的一天开始了。

第九场　内景　白天

上午十一点，我们在附近的咖啡馆见到了米萨。

米萨三十二三岁，五官端正，虎背熊腰，就像他的名字（米萨在俄语之中是熊的意思），欧洲人的典型特征，颈部粗壮，面部张扬有力，语声如洪。

那天我们谈了许久、许久，咖啡喝了一壶又一壶。

双方都大致介绍了自己的情况，米萨并不善言谈，但说话中显露出忠厚。

不知不觉中，已过了吃中午饭时间，米萨约我们去市里做客，被白羽婉言谢绝。

她并没有做过任何生意，可做起事来总是那么从容淡定。

我又猛地喝了一大口咖啡，心中是无比的佩服。

不久，米萨便站起身，与姐握手后径直离去。

第十场　外景　白天

回住处的路上。

我追在白羽身后，问她："列金做生意有经验，有铁路，应该是我们合作的首选吧？"

但是，她一点反应也没有，不知道在想什么。

第十一场　内景　白天

这几天，镇长不时地过来小洋楼关心过问，他知道我们还没有和任何人做出决定性的定论，可真急坏了他这个当地首领。

"再看看吧！"我将镇长的意思转达给了她，她却用不确定的语气回答了我。

第六集

第一场　内景　夜晚

这夜我们回来得比较晚，窗外，天空中零零星星地落下了雪花，又迎面刮来呼啸的山风，让人倍感寒冷。

可能是几日的折腾让白羽累极了，她躺倒就睡。

当电话再次响起，仍是她那带着低泣的声音："……有什么大国在驱使你？这儿依然有强大的永恒……"

忽然感觉，我的心都碎了，心里暗暗地呐喊着："让他的电话见鬼去吧！谁稀罕你来电话！谁稀罕你的关心？"

疲惫袭击着我的大脑，我在愤怒中迷迷糊糊。

仿佛嘶吼着的西伯利亚风声也在啼哭，也在呻吟。

我晃了晃脑袋，清醒了一下，才听清楚了，风声中果然夹杂着痛苦的呻吟声，虽然很淡，可还是捕捉到了。

爬上了楼顶，我看着周围，发现这声音是从房东的房子里传过来的。

我不知道这痛苦的呻吟缘何而起？可是那莫名的……踌躇得让我变得举棋不定。最后的选择还是洗洗睡吧，来日谁知道还有什么事情。

第二场　外景　白天

次日，白羽并没有带上我，她在村长的盛情邀约下赴会而去。

中午的时候敲门声响起，却是那位房东，他带着热情的微笑，手里托着一盘比萨，"远道而来的客人，请接受我们热情的招待。"

我请他进来，吃着他带来的美味，和他交谈着，我将话题转了过来，"你的家里有病人？"

房东的脸色顿时变得不好起来，那种深深的担忧之色让人看着不怎么舒服。

他点了点头，"是的，已经很多年了，每当天阴下雨、下雪时，她总会痛不欲生。"

"我想这是风湿性关节炎。"我对他解释道，"最怕的是阴天变化，此病拖得越久，越痛苦。"

这显然是他的心病，这个五十多岁的中年人沉默了许久许久，最后抬起头对我点了点头。

"感谢你的忠告，我亲爱的客人，往后如果需要什么帮助，请喊我一声就好，当然，如果需要美味的比萨，你也可以摁响我家的门铃。"

对于他的热情，我报以微笑，到了下午，房东这才离开。

第三场　内景　夜晚

当白羽回来，夜色已经降临，虽然华灯初上，可是周围的景色太过于模糊。

这美丽的森林就像是怪兽一样，潜伏在宁静之中，等待着它的猎物。

那个时间段，电话声依然响起，这一次的她有了愤怒。

"……不要逼我好吗？我知道你很急，我也知道你很努力，只是……这是一个美丽的地方，我想可以的……我还在物色……快了。"

等她挂了电话，我走了进去，告诉她房东来过，并送来比萨，随后将一杯热奶放在了她的床前。

"谢谢。"她的表情在灯光下掩饰得很好，很优雅地拿起了杯子，浅浅喝了一口。

我躺在床上，依稀能听到的还是那秋风呼啸和房东太太的呻吟声。

第四场　内景　白天

那天中午，房东又来了，又为我们送来了比萨，当吃饱之后，我对他说道："带我过去看看您的太太。"

房东明显地愣了一下，叮并没有拒绝我的好意。

第五场　内景　白天

房东家的客厅。

当我见到房东太太，这个被风湿性关节炎折磨得死去活来的女人时，感觉她是那般可怜。

她的两个膝盖肿得就像是馒头一样，我忙掏出了早就准备好的几贴伤湿止痛膏。

我试着用指头触了触玛达姆的关节，很明显的疼痛让她抖动着，都影响了她那慈祥的面孔。

我在病痛的关节处迅速地贴上膏药。

植入镜头：两条有力的腿肆意奔跑。

我把剩余的膏药悄悄地装回了口袋。

我的动作让房东愣神片刻……

我不好意思地解释道："这风湿止痛膏是我从家乡带来的名贵中药，我相信一定会治好你太太的风湿病，你就放心拿去用吧。"

我给房东演示了一遍如何配合着膏药按摩，在教会房东按摩后，就离开了。

第六场　内景　白天

房东再一次出现时，他脸上洋溢着异常开心的笑容，就在我开门的瞬间，给了我一个大大的拥抱。

"哦，亲爱的金，真的太感谢你了，你真是我们家的救命恩人。"他说道。

这一次他送来一小筐带肉馅的奶油、一个面包和一大截喷香的肉肠。

我们俩边吃边谈。

我送过去的风湿膏药显然是起了良好的效果，在我的解释之下，他有些惊奇地说道："哦，原来是神奇的中国医术，我曾在东北的时候有所耳闻。"

他的眼神之中充满了佩服和回忆，房东将关于当年支援东北建设时的经历一一叙述着，我偶尔会插言向他补充几句，交谈很融洽。

房东再次热情地对我说："有空去我家，让我太太给你做些好吃的，别天天闷在屋里拿那长毛的笔蘸着自来水在桌子上乱画，把我的桌子都画坏了。"

我刚想说对不起，"不过没关系，画坏了我们重新做，咱有的是好木头。"房东大气地对我说。

"我不是在乱画，我是在练书法——毛笔字，不练不行的，回去一看没进步，妈妈会打我屁股的……"

我的话音未落，已惹得房东哈哈大笑起来。

"这么大了妈妈还打屁股？我的女儿我从来都舍不得打。"

那天，我俩一唠，唠到了大半夜。一直到房东太太来叫他了，他才走。

第七场　内景　白天

我原本想，说说了事，医好了房东太太的风湿，我也吃了他们送来的面包和肉肠，一比一，打了个平手，谁承想，没几天，房东领来了六七个他的亲戚、朋友和邻居，他们都不同程度地患有风湿性关节炎，长期不愈，备受疼痛折磨。

那天可把我忙苦了，一个个地贴，一个个地按，一个个地讲，一个个地问，当他们高兴地喊叫着、和我拥抱着、吻别着离开后，我才轻轻地再次打开了膏药盒，原先带来的三十贴伤湿止痛膏只剩下了两贴。

看着仅剩的两贴膏药，我嘴里念叨着："再也不能动了，再也不能给别人用了，留下以防万一。"

我起身活动了下酸痛的手腕，郑重地把装着膏药的盒子放好。

第八场　内景　夜晚

这一通忙活就到了晚上。

想着白天的事，我脑海中灵感涌现，立刻打开宣纸，磨好了墨，提笔写下：

　　　　好钢使在刀刃上，

　　　　好药使在病痛上。

　　　　几帖膏药把痛去，

房东妈妈好感激。

区区小事不用谢，

谁知掉下大美女。

刚刚收了最后一笔，姐从门口走进来。

我感觉这些日子，她身上发生了什么事情。进门之后，她没有说什么话，径自回到了属于自己的房内，电话便打了出去，"请告诉我，这到底是怎么回事？"

我很好奇她是给谁打电话，不像平日里那般，语气之中的随和消失不见了，多了几分怒气和责备质问着："我相信你，但……我来这里，是为了我们的未来，可事情并不是你想象中的那样，我感觉你变了……"

电话通了良久，她挂了电话便没了声息。

顿时房间内显得特别的安静，那种落针可闻的寂静就像是这变冷的天气一般，让人感觉身处冰窖，冷得令人不自觉颤抖。

她的叹息声轻轻地响起，打破了这让人压抑的寒冷，只是我仿似感觉到她在低泣，若有若无的压抑，在空气中不停地荡漾传播。

很忽然地，我感觉到了内心一下子难受了起来，这个时段打来的电话就像是套在她脖子上的绳索，随时都可以勒得她窒息而死，我真想剪断这无形的绳索，杀掉那个可恶的夜话者。

鉴于我们身份的区别，我没有权利去过问任何的事情，可一连数天的奔波，让我很清楚地感觉，她很苦。

作为一个女人，坚强到底是什么？或者我想问她为了什么而坚强。

那天晚上，她让我陪着她，绕着花园慢行，篱栅矮树秋菊如雪。一路上没有任何的话，直到回来。

回到房间好一会儿，她也没有开口说一句话。

第九场　内景　夜晚

我洗漱后正准备睡觉的时候，窗外传来窸窸窣窣的声音，原以为是隔壁房东家在收取晾晒衣服什么的。

忽然窗子被人暴力地撞开，几个人影一闪便冲了进来。我一愣，昏暗中隐约看清楚对方的长相。

我断定他们应该是亚裔，从进来站定之后一直是面无表情地盯着我，彼此之间一个眼神交流之后，向着我走了过来。

他们向前走一步，我往后退一步。

"怎么回事？"房间内传来白羽不满的声音。

"快跑！"我大声地喊了一声，就被对方一拳打倒在地。

其中两人眼神交流一下，便向着里屋走了进去。

从里屋传出其中一个歹徒的声音："你不必害怕，我知道你们是从中国来的，只要把你们的钱交给我们。"

站在我旁边的人个头一米八往上，身强体健，足足高出我一个头，带着狰狞的笑容，一看就是来者不善。

而这时候，进去的两个人拖着她走了出来，我偷眼扫去，看到她脸色极度不善。

"告诉我，这到底是怎么回事？"她的眼神对上我了。

"抢……抢劫。"我回答了她的问题。

"没有！什么都没有！"她冷冷地打量了三人，声嘶力竭地喊了一声。

"你俩在嘀咕什么？难道还要让我们自己动手吗？"说话的时候，三人终于露了凶相，一个人手里拿着一把凶光闪闪的匕首，在我们的面前比画着。不知道为什么，我从地上爬了起来，勇敢地挡在了她的前面。

第七集

第一场　内景　夜晚

这时，一个歹徒轻佻地来到了白羽身边，淫笑着将手伸向了她的脸庞。

轻浮的挑逗显然激怒了她。毫无预兆地，她猛然间抬起了膝盖，狠狠地向着对方的腹沟顶了上去。

"哦……"这人痛得抱住了下体，在原地跳着打转，慢慢地倒了下去。他身边的一个同伙一怔，怒气冲冲地就要上前抓她。

只听到"哐啷"又是一声，她忽然顺手抓起了身边的一个花瓶，二话不说就向着这家伙脑袋上砸了过去。

这家伙反应还是慢了半拍，被那美丽的花瓶打中，顿时花儿朵朵鲜红起来。

看着我的这位首先一愣，也迅速地做出了反应，手里的匕首平举，向着她冲了过去。

当歹徒从我身边冲过去的一瞬间，我伸腿用力一扫，他一个狗吃屎趴到了地上，匕首脱手甩出去了很远。

接着，我冲了过去，将这家伙的腿牢牢地抱住，不让歹徒靠近她。

"你这是找死！"我的阻挠明显激怒了歹徒。他恶狠狠地回头看了我一眼之后，脚下连连地踹了几下，我急忙用胳膊隔挡，皮靴的棱角踏在胳膊上，感觉真是不好受啊！

可是有一点是肯定的，自始至终我都不曾撒手，我也不知道挨了多少下，那种疼痛让我脑袋逐渐地迷糊起来。

朦胧中我看到，被她打倒的两个人从地上也爬了起来，向

158

她扑去……

我眼前忽然多了一个人，下意识地闭上了眼睛。

画外音：房间内传来一阵阵的怒吼和"乒……乒……乒……乒"的击打声音，我意识到，帮忙的好汉来了。

我睁开眼，朦胧间看到一个人影，大展拳脚，三下五除二，这三个歹徒就像是被抛来抛去的皮球一般，直接给撂在了墙角，哆嗦着，挤作一团……

"你们是什么人？"好汉发出一声怒吼。

我从地上爬了起来，站到这个高大魁梧者身后，仔细一看原来好汉竟是米萨。

我微微地愣神，说了一句："你好厉害。"再看那半跪在地上的三个劫匪，就像是面对着神灵的信徒一般，在地上瑟瑟发抖，不停地求饶。

米萨的强壮我是早有目睹的，可是我也没有想到他会那么能打。

米萨拿绳子把那三人捆了起来，又报了警。

在米萨的审问下，三个劫匪如实招供，将他们的罪行一一供述……

让我惊讶的是，这帮家伙竟然在我和她到莫斯科时就已经盯上我俩，心生不轨一路跟随，那些什么图，那些什么的什么，都是他们编造出来的……

由于我们深居简出，没有给他们机会，才一拖再拖，案发今日。

米萨又把他们扔到了墙角。

我来到了她的身边，"你还好吗？"我问道。与她说话的时候，我还有些气喘吁吁，胳膊还在剧烈地疼痛。

"我还好！没想到你小子还挺厉害的！你比我伤得厉害得

多，该是我问你还好吗！"她的语气忽然变得温柔了许多，眼神之中少了许多冷漠，这突来的几分关怀，让我心头一颤。

相处时日颇多，可自始至终都带有距离，确切说是身份的差异，雇主与雇员的关系让我们彼此遥远。

可今日她那温柔的眼神和关怀的语气，让我感到是那般的史无前例，更让我感觉是那样的亲切。

不过，我最为诧异的是为何米萨会出现在此处，见他正忙着捆绑歹徒，不便打扰他，我也就没有多问什么。

第二场　外景　深夜

不一会儿，警车到了现场，米萨将这二个歹徒交给了警方。我们在院子里做完了笔录。

当房间内恢复了以前的平静，再次确定白羽没有受伤之后，我长长地松了一口气。

全身的疼痛让我有些龇牙咧嘴，她从箱子里取出了伤湿止痛膏，帮我贴在后背和胳膊上。

相对无言，感受着她温柔的动作，嘘嘘拂面让我感觉到她的亲近、高贵、美丽、温柔，这是一个女人！这个女人让我满怀温暖。

"好在都是皮外伤。"她打破了这种沉默，说道。

我"嗯"了一声。

"我原以为你是一个软弱的男人，嗯……"她笑了一下说，眼神随即深邃了起来，"我比你大一点，以后叫我姐吧！"

说完之后，她转身回到了里屋。我却陷入了久久的回味之中。

"姐。"我轻轻地念叨了一声，接着又将她的大号"白羽"加在了一起，又念了一遍——白羽姐姐。内心之中既感动，又兴奋。

也许在旁人眼里，这只不过是一个称谓罢了，可对于我而言，不是！我和她之间的关系一下子被拉近了许多，我今天的勇敢表现、所作所为，让她刮目相看了，我那不顾一切的保护，让她内心感激。

可对于我而言，今天的一切都是那样的自然、那样的真实，就仿似梦中、勾勒于梦幻之中的再现。

米萨的回归让我从这种臆想中醒来，他那威武的身躯站在我的面前，一种难言的压迫感。

"哦，亲爱的金，你的英勇让我很是佩服，难道你就是中国古代传说中的侠客？"米萨带着善意的微笑，拍着我的肩膀，上下打量一番，"就是太瘦弱了些，太不经打了。"

对于他的调侃，我感觉内心不怎么舒服，有些妒恨地反驳着："我和你不能比，你是熊，而我只是人。"

"哈哈……"米萨发出一阵爽朗的大笑，"已经很晚了，你们好好休息吧，不会再有人来打扰你们了，我明早再来看你们。"

米萨说罢就摆摆手走了。

第三场　内景　清晨

一夜的折腾让我身心俱疲，太阳透过窗户投射在我的被子上，我还沉沉地睡着。

敲门声响起。

我浑身酸痛，捂着胳膊爬起来，开门。

我让开，米萨走了进来。

我冲了两杯咖啡，把其中一杯递给米萨，另一杯咖啡放在茶几上，转身去了书桌。

昨晚米萨救了我们，辗转反侧睡不着的时候，给他写了两首诗。

　　　　仨歹徒持刀抢劫，
　　　　俩打仨力不从心。
　　　　姐弟俩命悬一刻，
　　　　一好汉举拳相助。
　　　　论英雄当数米萨，
　　　　……

　　我拿着写好的诗走过来，把这首诗讲给了米萨，他听罢后哈哈大笑，连连称赞："写得好！写得好！"

　　米萨正笑着，姐端了杯咖啡，从内室走出来，"谢谢你米萨。"

　　米萨放下我给他的那杯，快步迎了上去，双手接过姐递给他的咖啡。

　　我也不输于米萨，疾步来到了她的身边，试探性地叫了一声："姐！"

　　她对我笑笑，目光还是迎上了米萨，再一次表达了她的谢意。

　　我心里不是滋味，把桌上我的那杯咖啡递给了姐。

　　姐微微一笑，接了过去。

　　我站在茶几外侧，故作好奇地问米萨："为什么你那么能打？"想打断他与姐的对话。

　　米萨平日里言语很少，但今日却有着说不完的话，滔滔不绝，自我介绍起来。

　　他是西伯利亚特种部队的首席教官，因不满上级军官的腐败，饱受排挤才申请退役的。从部队下来之后照顾唯一的亲人——母亲，他现在只想着怎样将木材生意做到我们那儿去。

这时我心里才明白过来，难怪这家伙一个人打仨，不费一点儿力气。

姐总是用那种优雅的谈吐和人交谈，她表示自己会和米萨合作，一起去做生意。

"哦，不！你误会我的意思了，做生意是次要的，我首先非常喜欢你，你太美丽了！就是我心中的东方维纳斯！可我怕自己的莽撞会惊吓着你，所以一直跟随着暗中保护着你们。

"今晚，这不是碰上了吗？我还算及时吧？用你们的话说——英雄救美"。

米萨说得小心翼翼，不停地用眼神打量着姐，仔细地观察着后者的每一个表情。

他的回答让我和姐都是一怔，很明显，这米萨醉翁之意不在酒，目的并不是完全在于生意，而是……

听到这里，我不敢再往下想了，我首先感觉到是阵阵的不安和惶恐。

"哈哈……"姐轻轻地笑了。

我放在背后的手，拿着一张写着赞扬米萨的诗的纸，还没来得及讲给米萨听。

纸上写着：

仨歹徒持刀抢劫，
俩打仨力不从心。
姐弟俩命悬一刻，
一好汉举拳相助。
论英雄当数米萨，
……

听到米萨这番话，我不由自主地握紧了手，把写着这首诗的纸捏成了一团。

第四场　内景　白天

从那天开始，米萨就成了姐这儿的常客。

他讲到黑松林——他的家乡，讲到了二十多年前曾经的一次很小的核泄漏，那场灾难是那般的恐怖，整整几个村落都不同程度地受到了伤害，人们都被迁往他乡，他的母亲一年多的外出探亲避过了这一劫，成为消除泄漏后，黑松林的唯一的居民。

但是，回来参与救助、排消放射的她，还是染上了那痛苦的病，现在时不时地发作，非常难受、痛苦。

米萨说："我就想把黑松林的好木头卖到你们那儿去！赚很多很多的钱，为我母亲看好病，让她享受上儿子献给她的幸福，她的一生太苦了……"

米萨的讲述总是让我们泪水盈眶。

米萨的诚恳和热情一次又一次地打动着我们。

听着米萨的故事，我不禁感叹（画外音）：

> 这家伙——
> 看似他一个莽汉
> 不说话像个笨蛋
> 可是有孝心百般
> 加上那资源满满
> 必成我爱情之患
> ……

164

第五场　内景　白天

米萨离开后，姐走到我身边，开口："兄弟，对于此事你怎么看？"

听闻这话我一愣，她这是在征求我的意见吗？这可是从未有过的事情，我急忙恢复了清醒，从这种不敢相信的状态中转回来。

"姐，这事情还得你自己拿个主意。"我回答得依旧很小心，可是内心极力地反对着。

"米萨有着我们需要的足够的资源，可是没有资金，对于我而言，需要的不正是资源吗？"

她很难得地在我面前表现出矛盾，那副表情落在我的眼里，让我的内心是极其不舒服，只是我不知道该如何去安慰她。

第六场　内景　白天

由于我的受伤，减少了外出活动，只能和姐在房间做着下一步的计划。

米萨倒是异常热情、忙碌，隔三岔五地总会过来，每次都带一些当地的特产、美食，或者带来重大的新闻。

他总是试着去约姐，一次两次的姐也可以拒绝，可时间久了，在"盛情难却"之下难免会同意相行。

第八集

第一场　外景　白天

我站在窗边，透过窗户看着他们说说笑笑、一前一后走了出去。

米萨这样做，我为此心情无比愤怒与复杂。

待在房间里的我有些坐立难安，无聊中，又拿出毛笔，盛了满满一大盘子自来水，在桌子上草书起来。

"咚……咚……咚……"敲门声响起。

我惊喜地抬头，一时我的心情特别喜悦，以为姐回来了。

我快步走到门边，拉开门。

第二场　内景　白天

门打开之后，一个俏生生的女孩站在了我的面前。

金黄色的头发铺卷在头上，湛蓝的眼睛就像是大海一样，灿烂的笑容，表情有些疑惑，年轻的她显得有些稚嫩，但发育良好的身材带着让人难以自持的火辣，修长的身材快和我一样高了。

她的怀里抱着一只小狗，看样子就是一个月大小，当看到我之后，她试探性地问了我一声："你叫金吗？你在写毛笔字？打扰吗？"

我点了点头，连连说："不打扰……不打扰……你是谁？"

我的一问，这才让她松了一口气，并告诉我，她是房东的女儿，名字叫娜佳。

哦，我想起来了，房东有个女儿，十七八岁，在外地上大学。

"我们家的狗生了崽崽，今日满月，你喜欢吗？如果喜欢，就把这一只送给你。难道你不想请我喝杯咖啡吗？"

我忙将她请进了屋里。女孩儿抱着小狗坐在沙发上。

我为她煮好了咖啡，眼睛时不时地看着女孩儿。

我们谈到莫斯科、北京、西伯利亚，谈到了美丽的黑松林，谈到了俄罗斯文学，还有中国的京剧。

娜佳表现出了她少女的活跃，指手画脚地为我解释着这周边的环境，讲述着这里的生活。

娜佳在莫斯科上学，每个月才会回来一次，所以，以前我没有见过她。

这次回来，从房东那里听说了我一次就治愈了她母亲的病痛，这才跑了过来感谢。

这个青春气息十足的美丽女孩给人一种特别舒服的感觉，交谈起来尽管我还不那么流畅，但是也没有什么压抑。有的只是年轻人之间的话题，网络、手机、多媒体、施瓦辛格、李连杰……

十七八岁的她，那种没受世俗浸染的朝气，让我感觉她就是这片美丽原始的黑松林。

第三场　内景　黄昏

天色渐暗，房东太太在外边喊着，她含着甜美的微笑向我说道："以后要好好照顾着小家伙哦，它的生命还是很脆弱的。"

我点了点头，"狗是人类最为忠实的伙伴。在我们中国，有着这样一个故事，那是昆仑山下的一户牧民养了一只藏獒，一场瘟疫夺去了所有牧人们的生命，在主人亡后的几个月里，它一直孤独地守候在帐篷外面，直到……"

我说到这里没有再说下去，她看着我怀里的小狗，眼神之中满是温柔。

娜佳笑着走了。

我仔细观察着这只小家伙，平嘴垂耳，浑身黑白花斑，属于沙皮科。

逗着逗着，我就在沙发上睡着了。

第四场　内景　夜晚

当一嘴酒气的姐坐在我的脚下，把我从梦中惊醒。

姐忽然回到了家，从她的表情我看出来，这一次出去并不是很开心，她看了我一眼，便发现了我怀里的小狗，微微地一怔，随即笑了，那一抹的笑容让我诧异很久。

与此同时，她将我怀里的小狗抢了过去。"哪里来的？"她问道。

"是刚才房东的女儿送来的。"我如实对她说道，"我没有经过你的同意，私自决定就收下了。"

"没关系，挺好的！"她的眼神之中依旧带着笑意，我有一种错觉，在这时候，她忘记了生活的烦忧，心思之中对于小动物的喜爱，超出了我的想象。

第五场　内景　白天

接下来的几天，姐没有提到米萨，也没有出去，她开始学习一些简单的俄文，这让我的内心之中隐隐约约感觉不怎么舒服。

米萨来我们这的次数更多了。

第六场　外景　白天

米萨带我们去他的黑松林庄园。

那林子比我想象中的还要大上许多、许多，粗壮的树木矗立着，连绵不绝的延展不知几许，它们覆盖了一片又一片的山头，争先恐后地挺拔于大地之上，向世人们展现着强大生命力。

就像是这方土地一样，就算经历过多少悲怆和战争的磨难，它们具有的，便是如此的精神，依靠着自然，却要超越自然。

"这片森林占据了西伯利亚的所有林木的三分之一，很大一部分都属于我的母亲继承。"米萨为我们介绍了一番，大概地走了走，一路之上，我被扑面而来的原生态气息深深吸引着。

姐走在这森林的边缘，举目远眺，总是怔怔地看着远方。

这时候的米萨显得特有雄心壮志，说着对未来的规划，或者说是他内心之中隐藏着让人难以想象的野心。

第七场　内景　白天

米萨和姐在一起的日子，也让我得到了很多关于她的消息。姐手里有钱，可是有多少钱我是不知道，但米萨知道。

就在他俩计划合作的关键谈话之后，姐第一次独自一人去了莫斯科，去与电话中的那个他相见了。更是为了办理这个事情——钱。

那庞大的资金，让当地的金融界都表示了关注。

至于她所说的那些事情，还有那三个歹徒的跟踪……现在想想，可能都是钱惹的祸吧。

第八场　内景　白天

小狗在我和姐的照料下茁壮成长，这也是唯一能看见她微笑的机会。是的，面对着这个小精灵，姐总是带着那淡淡的笑容，那种极美的笑脸，每当夜晚来临之时，总会闯入我的梦里。

经常我也会从这种甜笑中醒来，更多的是，我会迷失在这笑容之中。

小动物总是架不住时间的催促，一个多月的时间，它的体形已经变大。

也会跟在人的身后，"汪汪"地叫着、跑着。

每当它摇起尾巴的时候，姐总会拿出一些食物喂给它。

看着它的憨样，我还给它编了段儿歌呢：

> 小小沙皮狗，
> 长得笨呵呵。
> 抓起一大串，
> 放下肉一坨。
> 叫声像熊哼，
> 跑起像猪行。
> 其实它不笨，
> 真的很聪明。
> ……

第九场　内景　白天

米萨依旧时不时地来这里做客，但在两者之间的谈话之中，总是显得急躁。

对于生意合作的事情，姐既没有答应他，更没有拒绝。毕竟米萨的心思，姐还是明白的。

好长一段日子，看不到她的笑容，秀眉紧蹙在一起的日子越来越多，拧成了一股绳一样。

米萨见到姐这种表情，总是有些手足无措，不明白所以然。

可是，我知道这一切是为什么。

第十场　内景　夜晚

每夜，那个电话如约而至，他们之间的电话是极其简单的，虽然我至今没有确认对方和姐的关系，但两人之间的言语总会带着淡淡的暧昧和无限的缠绵。

但是，每当姐挂了电话之后，又重新陷入了久久的沉默寡言当中，那种安静、那种无语，就连熟知她的我，也感觉极其恐慌。

我总想说什么，当鼓起勇气的时候，每次却因身份的关系偃旗息鼓。内心之中充满了酸涩、妒忌和愤恨，用着恶毒的言语去诅咒电话的另一边的——他。

（画外音）人们常这样说：

失去爱情的交谈是谎言
没有真诚的话语是破烂
没有永恒的话题是编撰
没有情感的交流是灰暗
……

可是，姐依然如此，并没有因为我的内心不满而停歇过。

姐的声音从内景传来。

"若你将那份图纸带给我，那笔钱我……这边已经有人告诉我，的确有人盯上了我们，你让我怎么办？"姐的语气带着抱怨，还有淡淡的怒气，"你这是逼我，我并不是一个自私的人，我所做的一切……你真想要让我这样做吗？"……

"好吧，我知道了，我尽快会将这事情处理妥当！"

随着啪的一声，电话挂断。姐再一次陷入了沉默之中，良久之后，我听见了轻轻的哽咽声。

我的内心忽然被什么东西给砸了一下，疼得我整个人抽搐和痉挛起来。

"金，你进来一下。"姐的声音从里面传了出来，将我从这种状态中拉了出来。

第九集

第一场　内景　夜晚

我几乎是跑着的，一下子冲进了姐的房间。

房间内很暗！唯有床头灯是亮着的。

她穿着薄薄的睡衣，双手抱膝，畏缩在那里，趁着灯光，我看到了她俊俏的脸颊上挂着泪水的痕迹。她隐藏得很好，在抬头的瞬间，恢复了原有的气质。

我在心里苦苦地说着、念叨着（画外音）："女神，你为啥要这样悲伤，这样会让我断肠，姐，你为啥这样哭泣，这样会让我的心儿死去……"

"拟个合同出来，我们和米萨合作！"她吩咐道。

"这……"我一愣。

她有些不满地看了我一眼，可是并没有对我发火，再一次垂首。

"你也早点休息吧！"姐头都没有抬地说了一句。

这让我怎么能睡得着，米萨对姐抱有什么样的心思，是司马昭之心，路人皆知，姐现在选择了和米萨合作，换而言之，就是答应了米萨的求婚。

这样的决定，怎么能让我睡得着？内心之中的那份痛楚，仿佛是炸药包一样，一下子被点燃起来，轰然间让我在没有任何的防备中爆炸，顿时让我感觉天翻地覆。

第二场　内景　清晨

当我迷糊之中，感觉有人在推我。

当蒙眬的眼神之中出现了她的情影，我一下子反应了过来，在道歉声中我起身收拾，她也显得很安静。

当我再一次抬起头心疼地看着她时，恰对上她用那迷人的眼神看着我、盯着我，一副欲言又止的样子。

"走吧！"她轻声说道。

第三场　外景　白天

姐和米萨约在咖啡馆。

合同我并没有准备，可是当见到米萨，姐表达了自己和他合作的消息之后，他有些欣喜若狂，不自觉地拉起了姐的手，就要吻。

但姐含着微笑，轻轻地挣扎了一下，不着痕迹地将手抽了回来。

"米萨先生，我会让金将合约送来。"

米萨的脑袋就像是小鸡啄米一样，频繁地点着。他要的就是姐这一句话，这代表着什么？人财两得吧！

第四场　内景　白天

我尽力地准备着相应的资料和合同。

米萨来这里的频率越来越高，经常会约姐出去吃饭。

姐在这段时间内，总会学习一些简单的俄语，我不得不承认她在语言上是具有极其过人的天赋的，经过我的指正，现在的她已经能和米萨简单地交流了。

第五场　内景　白天

合同最后做出来了。

在姐的要求下，公司成立之后，我占百分之十五的股份，姐负责全部的资金，占其中百分之三十五的股份。由于资源是米萨的，所以他一人占了百分之五十。

对于这个分配米萨颇有微词，当然，他并不是因为姐占了那么多而不满，而是因为我手中也有股份的问题，可是姐的态度很坚决，最后让米萨不得不妥协，把十五的股份给了我。

第六场　内景　白天

当这一阵事情忙碌完毕，公司的注册显得比较容易，米萨在军方和当地都有着不小的人脉和良好的信誉。

没有多久时间，营业执照便到手了。

我还沉浸于拿到营业执照的喜悦中时，一则消息传入了我的耳中，让我感觉天旋地转，异常难受，米萨告诉我他要和姐结婚了。

第七场　内景　夜晚

当天晚上，我浑浑噩噩地和姐一起回到小洋楼。

我辗转反侧的时候，那个让人讨厌的电话再次响起，姐和对方说得很简洁。

"钱，我会尽快如数还给你的。"姐是这样说的，"请给我一些时间，让我……"

我并不知道两人达成了什么条件，最后姐默默地挂了电话，再一次地听到了她的哽咽声，那是整整的一夜。

我感觉奇怪的是，她要和米萨结婚的消息并没有告诉电话中的对方。

"姐，给！"我不知道如何去安慰她。鼓足了勇气走了进去，到嘴边的话还是被吞了回去，最后只将拿在手里的纸巾递给了她。

她接了过去，将眼泪拭去，可并没有说话。房间内再一次陷入了安静。

"我要和米萨结婚了。"良久之后，她轻声说道。

我内心之中当初是什么感觉，已然忘记，可时至今日，每当想起这件事时，总会感觉到丝丝的疼痛和酸楚。我知道，那种伤痛并没有随着时间而就此消失，只是它已深深地隐藏在了我的心底，就像是醇酒一样，越老越久，越淳越香，越有味道。

"米萨已经告诉了我。"我回答道。

当我回答了这个问题之后，她忽然抬起了眼眸，一眨不眨地盯着我，良久之后，她重重地叹息了一声。

内心感觉就像是被重锤砸了一下，那种沉闷的感觉让我摇摇欲坠。她掩饰得很好，可是眼眸之中的痛苦出卖了她的内心。

我纵然将这一切都看得明白，可我不能说任何话语。

"早些休息吧，姐！"

这一声"姐"让我内心一阵酸楚，我像是要逃跑一般要离开这间房子，可就在我转身的瞬间，她却叫住了我："金，你先别忙着走！"

我站住了脚步，转身看着她。

感觉她像是下了某种极大的决心。

她的脑袋是低着的，露出半截洁白如玉的脖颈，难免让我有些心猿意马。可是当她抬起头的时候，脸上带上了如花般的笑容。

"我漂亮吗？"

我愣神好久，可却下意识地点头，"是的！"

不知为何，我感觉她的肌肤上镀上了一层绯红，虽然我和她有一段的距离，可是很清晰地感觉到，她身上散发着一阵阵的热浪。

就在我大脑恍惚的时候，她却凑到了我的身边，很突然地用双臂环住了我的脖子。

她的乳房是异常的坚挺，这种毫无间隙的接触之下，我很容易地就感觉到了那种异性躯体的美好和火热。

慌张的我已然有些不知所措，脑中仿似被炸药轰了一下，那种空白的感觉让我忘记如何去处理眼前的状态。

也许，我内心早就有所渴求，或者说我一直幻想着能和姐这样拥抱。但忽然一下子成了这样，却让我有些措手不及。

带着温湿的嘴唇落在了我的嘴唇上，当我还没有反应过来的时候，一条带着香气的舌头便要撬开我的嘴唇。

我终于认识到，这一切不是梦。

可能是本能的反应，我努力地捕捉着这条犹如泥鳅一般光滑的香舌，想要将其固定。

费尽所有的力气，胸膛之中那颗不安的心脏剧烈地开始跳动，每一次就像是炸药爆炸一般地激荡，仿似它要从原来的地方出来，我要拼尽全力地去安抚它。

这种激荡，让我的呼吸也变得不畅，像是要窒息一般难受。

突然，我心里轻轻地唱起了自己的歌儿——

　　我不敢说
　　我又很想说
　　我不敢说
　　我想找到你那美的感觉
　　……

衣服，随着我俩的激烈而当空飞舞，在这种已经失去理智的情况下，彼此撕扯着对方的衣服。

我的手在她的肌肤上放肆地抚摸着，姐轻轻地哼了出来，那声音就像是鸟儿一样，婉转鸣叫。

这一刻，我忘记了自己的身份，纵然没有任何性经验的我，也是那样地努力。

我的胡作非为也许是弄疼了她，在不满之中她将我推倒在床上。我那男人的特征，愤怒而高昂地、不加任何掩饰地暴露在了她的眼前。

一切都在情理之中，这一夜，我们像是疯了一样在彼此的身上探索着，努力地用身体去安慰着彼此，她在我身上像是一条美人蛇一般扭动着，更或者在我的身下发出鸟叫一般的婉鸣声，一次接着一次，一波接着一波。

这一夜，我们筋疲力尽。

当我倒在她的身上时，已然没有了一丝的力气。

也是这一夜，姐让我从一个男孩变成了男人。

激情过后，我拥着她那雪白的娇躯，趁着月色，认真地欣赏。

她闭着眼睛，那长长的睫毛之上挂着泪珠。

我依稀记得，在和我激情的时候，她的嘴里叫着另外一个男人的名字。

再看看她在我身上留下犹如鸟爪一般的抓痕，我的内心一痛，就算我和她的关系发展成了这般，她的内心，依旧属于另外一个人。

就算她已经和米萨决定要结婚了，可是也依然属于那个人。

想来想去，我感觉我和米萨同样的可悲，我们都能得到她的肉体，却永远得不到她的内心。

想入非非之时，她忽然转了一下身子，伸出像是春藕一般的手臂，将我抱得紧紧的。

甚至这时候我感觉到了一种窒息的感觉，我一动不动，眼睛睁得大大的，一眨不眨地看着她那美丽的面孔。

"金，没想到你各方面都很出色哦。"姐羞涩地说。

听到姐这样的赞许，我沉默了一会儿后，还是高兴得兴奋起来，在她那迷人的脐下，平软的腹部用力抓了一把。

"噢……嗷……"姐轻轻地呻吟着，然后，也照样抓了我一把……

激情再燃，两人再一次紧紧地拥抱在一起。

她从高潮中醒来，长长地叹了一口气，很隐晦地将眼眸之中流出的泪水拭去。

当她的手摸着我的脸颊时，我感受到了她的温柔。

"感觉真好！"她用手探索着我身体的时候，说道。

也许是由于她手上温度的关系吧，刚刚的激情让我身体疲惫，可是依然有了变化。这一次的我就像是失去了理智一般，再一次扬起激情，将她那迷人动心的身体紧紧拥抱。

有了刚才的经验，我不再措手不及。

她显得那般的顺从，我们变得更加的疯狂，她那鸟鸣般的叫声再一次地响彻整个房间：啾啾……呜呜……

我们大汗淋漓，最后在我的嘶吼声中淡淡退去。

后背传来一阵火辣的感觉，我想由于过度的激烈让她情不自禁吧！疼痛并没有阻止我的思索，这突如其来的一切——

是她的情感填补吗？

是她的肉体需求吗？

是她对我的爱吗？

还是她对我人生的怜悯……

不容置疑的是一直伴随她身后的我，那夜用无数次的激情，让她以往的冰冷变得那样的炙热、那样的温顺、那样的眷恋。

当她躺在了我的臂弯之中，略显疲惫的语气让我的内心一抽！

"金，你不会怪我吧？"

"怎么会？"

"唉！"她轻轻地叹气，说，"其实，你一直很好奇我的身份，以我现在的年龄却有着那么多的钱，现在让我细细告诉你这个实情吧。"

她的话题让自己陷入了回忆之中……

姐并没有告诉我太多的消息，只是提起了"他"。

"我之前是个在读的经济学博士，读博时和一个外国银行家、客座教授、博士生导师产生了共同语言，渐渐地交往，我们相爱了，那个男人，就是——他。

"他有妻子，还有两个孩子，并且有着稳定而不错的生活，传统的理念和对于工作的不舍，让他有所顾忌。

"他借贷给了我一千万的美金，让我出来拼搏，创立自己的生活世界……"

故事的曲折性远远超出了我的想象，姐本来是对他死心塌地的，来到这儿之后，努力地寻找着商机。

但他并不是完全地信任姐，或者说挪借了那么多的钱让他感觉内心不安。

起初的期盼，到最后变成了逼迫，这让姐一下子彻底地感觉不舒服起来。来到这儿，她本认为只要自己努力，就可以得到他们想要的幸福。

哪知道他在哪里得到了消息，却是为了那份神秘的图纸，只要姐得到它，那一千万就无条件地归姐了。

从中我不难看出他对姐的用心良苦，可人是自私的，就算是爱得那么深，到头来也未必是全心全意的付出。

　　我心疼地看着姐。

　　姐微微一笑，继续说着。

　　"就在今夜，他的电话开始催促我，其中的意思已经不言而喻，他想要收回那笔钱。"

　　虽然姐并没有告诉我，她博士还未毕业就出来做贸易，那种难言之隐让我感觉她内心装着很大的一个秘密。

　　在销魂的那一夜，姐紧紧搂着我，说了句："远离他乡，这儿只有我们两个了，你应该是我最亲最亲的亲人了。"

　　"但是，为了咱们俩一定创业成功，我决定嫁给米萨，与他合作。

　　"米萨要我打出了我最后仅有的一张牌——女人的身体，我也仅有那些钱和自己的这一点点赌注了……

　　"金，我这是不得不这样做呀，希望你能理解我。"

　　我沉默了一会儿，没有马上回答她，只是转身拿来埙，为她吹唱起李清照的那首《蝶恋花》：呜……呜……呜……永夜恹恹欢意少。安梦长安，认取长安道。为报今年春色好，花光月影宜相照。

　　后来，我知道开弓没有回头箭，现在的她必须成功。也许和米萨走到一起，是她迫不得已的选择，唯一一搏吧！

　　或者说是他的逼迫所致，可无论如何，这事木已成舟。

　　我是知道姐的脾气的，说要干的事情，是没有任何的商量余地。

　　她要是不做的事情，就算再怎么勉强，也是无济于事。

　　在悠扬的埙声中，姐又讲起了她父母的故事。

　　从姐的口中我得知，她出生于云南西双版纳的一个鸟族部落。

第八场　回忆　虚化入镜

姐的出生地那儿有大河、有森林、有沃土、有各种花草，也有各式各样数不清的生灵……千百年来，他们的先祖，世世代代都生活在那儿。

人们大河渔猎、山林采摘、田野农耕……

为了防止野兽的侵袭，人们将家建在大树上，久而久之，便成了人们所说的"鸟人"。

那一年，族人们在一场瘟疫之中全部去世，当时，姐的奶奶只有四岁，从家巢上掉落树下，奄奄一息，恰巧被一支路过的马帮头领发现、救助，抱回了家中，精心医治，悉心调理，救回了一条生命。

第九场　回忆　虚化入镜

姐的奶奶一生爱鸟，家里到处都有她饲养的各种各样的鸟类，一个又一个的鸟笼挂满了屋檐、阳台、客厅、寝室……就连房前屋后的树上也都挂满了奶奶养鸟的笼子。

奶奶站在阳台上，边逗鸟，边"啾啾"地与鸟儿交谈着。

第十场　回忆　虚化入镜

养好了伤，姐的奶奶就住在了马帮。

鸟人部落的语言成了奶奶和鸟交谈的工具。

十五六岁时，奶奶已出落成亭亭玉立、如花似玉的美女，引得周边无数男孩爱慕和追求。

而她只喜欢她的哥哥、马帮部落的继承人——我的爷爷。

马帮部落的大人、孩子，整天与骡、马打交道，聪明伶俐的马帮人，多少都会些马嘶骡叫，更有甚者，还能与骡马语言

181

交流。

她的爷爷，就是那其中的佼佼者。

第十集

第一场　回忆　虚化入镜

姐的奶奶跟小时候的姐讲着爷爷的故事："你爷爷自幼习武，练得一身好功夫。他十一二岁时，就同大人一般，去缅甸、上普洱、下巴蜀、穿陇陕，驮盐茶、易粮货、贩牛羊……"

奶奶讲着，脸上带着温馨的笑，小小的姐听着，眼睛里迸发出光彩。

第二场　回忆　虚化入镜

姐的爷爷奶奶小时候，他俩独自玩耍时，人们听到的不单单是儿童们的欢笑，还有各式各样的鸟鸣、骡欢、马叫。

田边的牲畜与天上的飞禽都应和着，来来往往的村民们脸上都带着幸福的笑容。

第三场　内景　深夜

姐继续向我认真地诉说着："爷爷并不是我们鸟族的人，而是我们那里最大的马帮部落继承人，有着属于自己的马帮，常年行走于大江南北，历经千难万险。爷爷十八岁时已有勇有谋，聪明过人。"

第四场　回忆　虚化入镜

姐的爷爷带领马帮从云南运草药去古城西安。回来时，途

182

经陕、甘、川三省交界。

天渐渐黑了下来，突然，迎面跑来了一些路人，他们边跑边喊："杀人了，杀人了，前面有一伙劫货、杀人的山贼！"

爷爷上前一打听，知道对方有四五十人，他们手里都有兵器，爷爷低头一算，马帮只有不到二十人。

画外音：自古以来人们常说，梁山的强盗、巴中的贼、中原穷地出土匪。可是与三界秦岭大山中的贼人相比，真可谓小巫见大巫。

画外音：自古流传，三界贼为诸省匪中之悍，官兵久剿不净，瘦贼巧如灵猿，强者壮如熊貔。一遇强敌瘦者攀岩钻洞，壮者垒石堵路，逃之夭夭。

马帮队势单力薄，与这伙贼人硬拼，必然吃亏。爷爷将逃难的十几个男女路人叫住，与马帮队聚为一体，并召集马帮弟兄商量对策。

远远地听到那贼人的声音越来越近，突然间，马帮队和那些路人，个个都举起了火把，马嘶、骡吼、狗鸣、无数的马蹄声……铜锣声中，杀声震天，伴着男、女逃难者的喊叫："官兵来了，追呀，杀呀……"

山贼丢下兵器，落荒而散，四处逃命去了。

第五场　内景　深夜

"那夜，爷爷就这样带着马帮队，和那些被救的老百姓，智胜了山贼，平安地走出了险境，到达了县城。"这是姐讲述的声音。

"后来听说，那山贼之首慌乱之中，失足落崖，被众喽啰抬回匪寨，瘫倒在床上。他听说是马帮智胜的他，郁积更甚，不足一月，命丧黄泉。"

第六场　回忆　虚幻入镜

灯火昏黄，匪首临终，躺在床上，召集寨子里的兄弟，奄奄一息地说道：

"为匪，胜官兵易，斗马帮难；

"为民，胜马帮易，斗官兵难。

"山寨的兄弟们，听我一劝，把寨中所积银两购置成骡马，改匪为民，胜斗马帮，也不再为亡命所虑……"

说罢就闭上了眼。

寨子里的土匪们齐声回答："记住了大哥，你放心去吧！"

第七场　内景　深夜

姐继续讲述："后来，巴秦三地的这支匪悔马帮还成了爷爷他们马帮的好友。虽和爷爷他们争抢市场、生意，却再未伤人。"姐眉眼弯弯，似乎很是为爷爷的作为而骄傲。

"从那时起，爷爷智斗悍匪的故事，被渐渐地传了开来，成为陇、陕、川三地的一段久传的佳话。

"至今，三地的皮影艺术，曲目中仍然保留着那：白壮士、率马帮、众弟兄、救百姓、与悍贼、劫刀下、学马嘶、学狗叫、鸣金锣、震贼胆、弃刀枪、落荒逃……"

随着姐的讲述，我听得入了迷，脑中浮现出皮影戏的场景。

第八场　植入画面

皮影演出。

锣鼓声中，吹拉弹唱、人欢马叫、刀枪剑影……

灯影下、幕布上，手动人舞，故事连连，栩栩如生。

观众叫好连连，掌声不断。

第九场　内景　深夜

听罢姐这般道来，我才恍然大悟，原来，皮影中的这一折子戏，竟出于这段白家马帮队的历史故事。

恍然回神，我忙将脖颈上的一个挂件摘下，拿给她看，说："这是一个飞女的皮影挂件，是我爷爷的爷爷刻的，传给了我，距今已有两百多年……"

姐认真地看着皮影挂件，惊叹着说："太美了……太美了，这是一个长着翅膀的美女，很像我们鸟人部落的图腾，真好看。"

看着姐喜欢，那爱不释手的样子，我就轻轻地将这挂件戴在她美白如玉的纤颈上。

姐轻轻地哼着说："君子不夺人所爱，不好意思……不好意思……"

"你不是君子，你是女人，又是鸟人部落的后裔，这个你戴上正合适……"我贴着她的面颊，轻轻地说了这么一句。

第十场　回忆　虚化入镜

那夜，又让我想起了，放在家中的那些我收藏下的各种年份、各种时代、各种不同，一个个、一块块、一枚枚、一件件的皮影珍品。

一个个整齐排列的皮影展柜，一件件具有历史人文气息的皮影作品尽收眼底。

第十一场　内景　深夜

姐依然在讲述："爷爷奶奶成年后，太爷爷为他们主持了婚礼，明月高岗，爷爷和奶奶引入了山林，奶奶用我们鸟族特有的语言表达着属于自己的感情，在高岗上'啾啾，啾，啾啾啾……'地欢叫着，爷爷用骡马的嘶鸣声'儿啊，儿啊儿啊，儿啊儿啊儿啊……'地回应着。

"那夜,整个村寨都听见了马啸鸟乐声,也是那一夜,奶奶将自己交给了爷爷,他们的结合让所有人知道了更多的幸福。"

说着说着,姐的眼泪泛出了眼眶。

我小心翼翼地将那两滴清澈如珍珠般的泪水从她的眼眸之中拭去。

"在我将自己交给他的时候,我想起了奶奶,所以他总会说,我的叫声很好听,就像百灵鸟一样的叫声,可是我更喜欢红嘴鸥的叫声,是那般浸入心扉。"

姐在说话的时候,还时不时轻轻地学着鸟叫:"啾啾、咕!啾啾、嘟噜噜、喳啾啾……"

姐继续说天国里的回音:"啾啾、嘘!喳噜噜嘟……"

"我总会用这种方式和天国里的奶奶交流,平日里总不能成功,可是那一夜,我是信了,我听见了奶奶无数遍的回答。

"我说:'啾啾(奶奶)、咕(好)!'

"啾啾、嘟噜噜、喳啾啾(我很想奶奶)……

"天国里传来奶奶的回音:'啾啾、嘘!喳噜噜嘟(奶奶也很想你)……'"

这时,我如梦初醒,那夜姐在我怀中鸟鸣般的唏嘘真正的因由。

传奇般的故事,让我这凡夫俗子听得张口结舌。

暗暗地庆幸上天给予了我千载一逢、百年一遇的挚爱,这爱是那般的自然、倩怡、纯洁和无限的甜美。

这真是:

不仅异国有奇音,
昆城鸟女会奇能。

阴阳两界话声起，
奶孙二人诉苦肠。
自古逆境多难事，
可否玉帝帮倒忙。
……

接着，姐又向我讲述了她的父母："聪明的爷爷奶奶的结合生下了一个聪明的男孩，那是我的父亲。"

第十一集

第一场　回忆　虚化入镜

天才好学的姐的父亲研究生毕业于当地一个名牌大学的生物专业，留校任教，研究方向是动物的语言信息及再次语言进化的可能。

姐的母亲和他父亲是校友，研究方向是植物学。

姐的父亲和母亲在实验室一起做实验，父亲伸出一只手从背后环抱着母亲，轻轻地抚着母亲的肚子，母亲回头，两人相视一笑。

第二场　内景　深夜

姐是他父母唯一的爱情结晶。

"童年的我是那般的无忧无虑、聪明可爱。"姐说话的语音越来越低了，我感受到了她内心世界的苦楚。

第三场　回忆　虚化入镜

20世纪60年代初，姐的爷爷奶奶遭受批斗，爷爷被从台子上推了下来，摔成了重伤。

姐的爸爸和妈妈在大学里更是被折腾得死去活来，终于，在一个风雨交加的夜晚双双投进了深潭。

奶奶带着六岁的姐和病重的爷爷回了老家，爷爷不久便抑郁而亡，是奶奶独自把她抚养成人。

那后来的日子过得非常凄凉，家被抄得净光，吃没吃，穿没穿，为了养活姐，奶奶不得不去找了个卖冰棍的活儿，靠那点微薄收入，把姐抚养成人。

为了姐，奶奶吃尽了苦头、受尽了辛酸、受尽了罪……

第四场　内景　深夜

"去年七月，奶奶也离我而去……"姐哽咽地说着。

姐带着泪水，进入了梦乡，我就这样静静地看着，用尽我所有的记忆细胞，描摹着她所说的一切。

第五场　内景　白天

第二天，我打电话给妈妈，在一番问候之后，让妈妈收好家里的那些珍贵的皮影。

第六场　内景　白天

姐向我讲述后的几天里，更加忧郁、困惑、迷茫。那挥之不去的忧郁，像是要掩埋于一片墨色之中，却又想用尽全力一般努力醒来，压抑在内心的孤独，沉寂了数千数万的忧伤，努力地去挣扎着，最后随着那一轮的皓月，照亮了这安静的夜空。

沧桑、孤寂、倔强、无助、清冷。

她的内心之中爱着"他"，无怨无悔地爱着那个人，可是他们的爱情没有抵过现实，最终在人伦的责问下，走到了今日的绝境。

自那一夜之后，姐总是有意无意地避着我。

第七场　外景　白天

随着两人婚事的确定，米萨显得特别忙碌，经常出入我们的住所，和我说一些不着边际的话。他对未来充满了信心、并且亲手为未来构建蓝图。

同时，我也陷入了忙碌，随着姐资金的注入，新公司正式成立，我和米萨跑前跑后，努力地做好每一件事情、每一个细节。

第八场　内景　白天

一切来得太快了些，当我还没有准备妥当，姐和米萨的婚礼就举行在即。那一天我在黑松林庄园见到了姐，她显得有些强颜欢笑，眼眸之中无限哀愁，总是站在高处举目南眺，怔怔出神，譬如现在。

对于这种情况，米萨那伟岸的身体总是显得惊慌失措。唯有我明白，姐的内心之中是多么痛苦，她的这异国他乡的秘密，也只有我知道。

我和米萨在办公室里并排而立，透过窗户看到姐。

米萨想着上去安慰姐，我劝告他："让她一个人静一静吧，这是我们国家的风俗，东方美女的情感你还不懂。"

我的谎话并不高明，可米萨却在这上面对我马首是瞻。

"兄弟，要不你给她吹段呜……呜……呜？她喜欢听，我也喜欢听。"米萨比画着吹埙的手势说道。

我斜瞄他一眼，"……喜欢听？你也喜欢听？没得听了？那玩意早摔坏了。"我看着远处，说了一句。

米萨听后，沮丧地说："没办法了……没办法了……"说句心里话，自从姐告诉我，她要嫁给米萨——熊的那一天。我就再也无法吹那个埙（熊）了。

一看到那埙（熊），就仿佛看到了米萨，就满肚子的不高兴，就岔气，就想骂人。还想让我给你吹埙？熊，你就等着吧，等着那大树倒长着活。

第九场　外景　清晨

第二天一大早，我像往常一样在院子里围着花园跑步晨练，只是，趁机将埙扑通一声扔进了湖里。然后仰天大叫："啊……我再也不吹了……"

天空忽然下起了白雪。像一朵朵美丽的花儿随风飘着，带着极其不愿的一丝留恋，告别苍穹，最后落地，留下一片雪白。

第十场　外景　白天

教堂。

辉煌的管风琴、悠扬的萨克斯及各种乐器响起，音乐队伍相继奏响，各色喜庆的乐曲回荡在教堂之上。

客人们陆续莅临，米萨穿着制作考究的燕尾服，站在教堂门外面笑脸迎宾，并接受亲戚朋友的祝福。

婚礼一切都是按照西方的传统来举行的，当神父宣布新郎吻新娘时，这一刻，我看见了姐的眼眸之中如明珠一般溢出光芒。

我的心，忽然痛了一下，甚至发自内心地抽搐了起来。

酒会、舞会，喜庆的日子里总是载歌载舞。

我坐在会场边的长凳上，一杯一杯地喝酒，都忘了自己喝了多少杯酒。

直到米萨挽着姐的手臂，来到我的身边。

看着面带微笑的她，我抬头说："恭喜你，姐！"

我内心的苦涩，犹如这杯中之酒，会让自己迷失一般。

可到了这个时候，我自然要学会控制自己，免得让米萨误解什么。

姐不时地对我点头，米萨端着酒杯向我示意，我将杯中之酒一饮而尽。

我忽然握紧了自己的拳头，在米萨的面前示意，我将杯中之酒一饮而尽。

"往后好好地对待姐，不然我会收拾你！"

米萨对于我的表现首先一愣，随即哈哈大笑。

"会的，一定会的！"米萨说道，"没想到你这么弱小的人，会有这么大的勇气。"

我不明白这是嘲笑，还是对我的赞扬，可米萨的眼神之中有些敌意，有些另眼相看的味道。

当舞会结束，我烂醉如泥，被人抬回了住处。

第十一场　内景　深夜

我从梦中惊醒。

冰冷的夜里，清清静静，皑皑白雪，晶莹剔透。静谧的环境之中，我听不到任何的声音，恍惚之中我才想起，姐已经不在此处。

我坐立不安不知如何是好，直到最后被瞌睡摧残，勉为其难地迷迷糊糊。

当再一次醒来，天已经大亮，我来到了公司。

第十二场　内景　白天

米萨显得特别的兴奋，主动地和我打着招呼，我却不知道怎么回复他，该说些什么。

从那时起，我忘记一切，努力地开始工作，日夜难眠。

我们公司的扩展让四十多年前传承下来的记忆被重新激活，人们纷纷来我们这儿报到，以在此工作引以为豪！

短短的日子，伐木厂扩大了，专运线通车了……

我拼命地工作，几个月下来，取得了显而易见的成果，拿下了第一笔订单。

五万立方的木材，易货贸易做成了。

随后姐又借用了一些关系，将南方的一些客户拉了来，让我们的公司一日千里，发展得异常迅速。

第十二集

第一场　外景　白天

这样的速度，无疑和其他的伐木场形成了竞争关系，他们联手对我们开始进行打压、挑拨、扰乱，也不知道米萨动用了什么手段，才将这一段贸易风云平息了下去。

随后，我们又收购了当地全部的伐木场。

一方独大的效果容易产生垄断，米萨以军人的风格、铁血的手段，毫无怜悯地将最后一个对手——列金打败……

资源的丰富，加上姐的睿智和庞大的资金支持，米萨的魄力和果敢和我的认真和务实，三位一体，鼎力向前。

不久，内地的市场也被逐步打开。

黑松林，积压了近二十年十几万方的极品油松，从西伯利亚新干线上，源源不断地被运往欧洲、中东、符拉迪沃斯托克……以及我们出生的故乡。

原先那些单打独斗的商户们，吃到了甜头，获得了利润，也变得更加同心同德，合成一股力，拧成一根绳。

合到一块的黑松林木材市场，老木材商列金用他多年的经验和技术，成了我们的得力干将。

在西伯利亚这片美丽的土地上，我们的崛起显得更加地让众人瞩目，无形之中，我们有了造福于这儿整个市场的趋向和力量。

这正是：

> 做事要齐心，
> 三足鼎最真。
> 劲往一处使，
> 情向一处添。
> 万事开头难，
> 创业举步艰。
> 大家齐努力，
> 齐心能移山。
> ……

第二场　内景　傍晚

下班归来，房间依然是冰冰冷冷，少了许多人气。

偶尔房东会过来一下，为壁炉添些柴火，再没有任何的客人登门。

姐自从嫁给了米萨，就再也没有回来过这里。

第三场　内景　清晨

这日清晨，我有些偷懒，没有起床，那条小狗，在床下用舌头舔着我垂在床沿下的手臂，凉飕飕的感觉让我从梦中醒来，面对着这个可爱的精灵，我轻轻地笑了笑。

一阵清晰的敲门声忽然响起，我匆忙之中有些衣衫不整地跑了下去，当我打开门之后，一抹俏生生的身影站立在面前，面带微笑、扑面而来的是少女特有的青春气息。

她的到来，让我愣了好久。

对方却含笑说道："怎么，让一个女士站在门外面？是很不礼貌的哦！"

原本内心之中的欢喜冷淡了很多，来人并不是我千思万想的姐，却是我邻居的女儿娜佳。

对于这个女孩，我还是极其有好感的。

娜佳进门，率先看到了送给我的那只小狗，当初的小青涩已荡然无存，在我的精心照顾下，它魁梧异常，更长大了许多。

那小东西，旧友重逢般地围绕着娜佳嗷嗷乱转。

我端了杯咖啡给娜佳。

娜佳的开朗、活泼、俏皮，带动着气氛，将我从那种心不在焉的状态之中拉了出来，谈笑风生。

娜佳最后提出让我送她去学校。

她所在的学校是莫斯科大学语言学院，离这里有着很远的距离，我想了许久，之后，还是鬼使神差地答应了她的要求。

第四场　外景　白天

再一次踏足莫斯科这座美丽的城市，恍然觉得隔了几个世纪一般久远。

娜佳带着我走遍了城市中的大街小巷。以往的政治骚动仍在继续，我们尽量避远些。但是，许多区域人们还在集会、游行，标语横幅当街悬挂……

那天我俩走了太多的路，累极了的我们，走进了一所酒吧。

第五场　内景　夜晚

我们要了几样红酒、点心，然后坐下，边喝边聊天。

娜佳说："西方分裂势力、狭隘民族主义、人们对腐败的憎恨……都搅和在一起了，让莫斯科这么乱，让国家这么乱，我真不知道今后会发生些什么……"说着说着，娜佳痛哭起来。

我不知道那夜我喝了多少，但是娜佳醉了。

我扶着娜佳走出酒吧，她走两步便要倒下去，我只能搂着她的腰。

第六场　内景　夜晚

我在附近的旅店开了房，想着送娜佳去休息。

只是进门之后，娜佳一味地钻入我的怀里，就像是她送我的那只小沙皮狗宝贝一般黏人。

吹气如兰，呼吸之间带着淡淡麝香，厚重的衣服遮不住她那傲然的娇躯，火热的呼吸让我感觉到她的内心之中的依恋。

双眼迷离之中，她有着没有诉说的情怀。

将她放在了床上，只因轻轻一带，我也跟着倒了下去，并将她压在了身下。少女的体香，以及她呼吸之间起伏的乳峰，带着极大的诱惑，忽然感觉一下子难以控制自己的情感。

我仿似做贼一般，用手试着和她的胸部接触。是的，那种绵绵的、带着十足弹性的乳房一下子让我无法自持，却怕将她从梦中惊醒。

那双带着长长睫毛的眼睛依然没有睁开，很忽然地，她的双臂环住了我的颈部，我一愣之余娜佳忽然抬头，极度热烈地含住了我的嘴。

她的风情、热情、美丽，让我无法拒绝，一场异国之恋，发生得那般自然，我夺走了娜佳的初恋……

她那高昂的、热情奔放的叫声，响彻房内的各个角落，如痴如醉的表情，以及极力的迎合……

那一夜的疯狂，让我迷失了自己！娜佳也让我感受到了异国姑娘们的野性、奔放和甜美。

她就像是一匹脱缰的野马，奔跑于辽阔的田野，驯服她们的男人，必须要有着强健的体魄，更要有莫大的决心和勇气。

激情过后，她倒在了我的臂弯。

那夜，我们说了一夜的情话，直到困乏之极，方才睡去。

第七场　外景　白天

一觉醒来已是晌午，匆匆午餐之后，送娜佳回到了学校，顺着记忆的路，我独自再一次来到红墙之下。

忽然间，无数的士兵戒严了道路，围阻在红场之中。还不待我反应过来，原本冷清的街道变得热闹起来，无数的人们开始向着这边蜂拥过来。

士兵们想把围过来的人们给分开，无数的民众此刻脸色异常激动，他们高喊着口号，激动地向前挤着。

我愣在了当场，当回过神之后，我在人群之中发现了一些黄皮肤的人们，走了过去，想和他们问这到底是怎么回事。

"总统先生将要在这里巡视。"旁边的人向我解释着。没过几分钟，几辆车子从路上缓缓开来，最后才是总统先生乘坐的车子。

"我的兄弟姐妹们，我们正面临巨大的考验……"

随着总统先生的讲话，人们向广场中央簇拥着……

他的话语，在这红场之中，久久不息地传播着……

趁着人潮向前拥挤之际，我也向前挤去，想多听一听他的声音。

拥挤中我被一位中年妇女拉住，她轻轻地对我说："你是外国人，不要再向前挤了，这儿不适宜你。"

我反驳说："我就是想要挤上去近一点，看一看，听一听。"

她再一次诚恳地对我说："孩子你还是离开吧！回去从电视里看一看、听一听也一样，这儿的确很危险。"

常言道：听人劝，吃饱饭。不听老人言，吃亏在眼前……反正我也挤不过那些人高马大的，便顺坡下驴——走人。

我像一叶小舟，快速地驶离此地。

我的脑神经仿佛被喷发搅乱，我的脑细胞也仿佛被喧潮吞噬，一片空白。

第八场　外景　白天

从那骚动的人群之中出来，没走出多远，大约一站路吧。

突然，我听到了欢快的音乐，许多人在围观着什么。我斜眼望去，发现几位美丽且身穿异装的靓女们，在那里扭动着如蛇一般的腰肢。

她们的眼神极具诱惑，犹如一潭秋水，身段窈窕、舞姿婀娜，伴随着音乐翩翩起舞。

我怔了一下，从外表我明白她们并不是本地人，应该是一个游荡的民族——吉卜赛人。

她们的多情，是无数男人梦寐以求的，她们的美丽，征服了无数人的眼球。只要是个男人，总希望能得到一个吉卜赛的情人。

我的发愣引起了这几个美丽女孩的注意，从中走出了一位年轻的美丽姑娘，将我拉入她们的队列当中，极力地鼓励我，让我在她们之间舞蹈着。

当然，这里舞动的人已不是我一个，但大家都有一个共同的特征，那就是和这几个女人的动作显得格格不入，那般不合拍。

无数的钱币，在她们的表演中被撒落了进来，随着音乐的喧嚣，她们的舞姿更加热烈、激情。

在场的人们发出"哦哦哦哦……"的欢呼，高举着双手，鼓掌助威。

我身临其中，自然也被这种气氛所感染，跳得更加卖力。

突然我仿佛听到了枪声，忙转身离去，那位女孩拉了我几次，也未能将我拦下来。我冲她点了点头示意之后，快速地离开了人群。

那次，我们俩一句话也没有说，只是她那迷人的面孔，在我的脑海中留下了深刻的记忆。

第十三集

第一场　外景　白天

我到了一处安静的地方，静静地听了听，果然是枪声，哒……哒……哒……哒……哒……哒……哒……哒……哒……并且枪声越来越激烈……轰——轰，两声巨响，枪声戛然而止。

我站在那儿思摸着，我相信这种乱象不会持久，红场还是红场，强大的国度还是强大，而且会越来越好、越来越强大。

第二场　外景　白天

就这么思忖着游走着，不知道为什么，我鬼使神差般地走进了莫斯科地铁，瞬间我被那种金碧辉煌的景象所震撼。

我一站一下车，欣赏着每个地铁站的装饰风格和文化历史的表象……

二十多个车站走过，工作人员告诫我："再过一刻钟，地铁就要停运了，您还要继续往前乘吗？去停车场吗？"

一看表，才发现我在地铁中已待了七八个小时。我连声回复："对不起！对不起！"忙乘扶梯出了地铁站。

走在街道上，我心中顿生感悟（画外音）：

> 世界大地铁，
> 莫市最辉煌。
> "二战"抵轰炸，
> 军民这里藏。
> 学习与工作，
> 战备和生养。
> 抗击法西斯，
> 这儿是天堂。
> ……

第三场　外景　夜晚

很晚很晚我才赶到了娜佳读书的莫斯科大学附近。

我从电话亭给娜佳宿舍拨通了电话，她还没有睡，仿佛一直在等着什么。

她在电话那头急迫地说（画外音）："你在哪里？你等着我，我马上去找你……"

那整整一夜，在浪漫、温馨、激情气氛中，我们拥抱着谈婚论嫁了。

第四场　外景　白天

黑松林伐木场的木材生意越来越好了。

米萨奔走于四方，打通着各个方面的关系，加上有庞大的资金作为后盾，如虎添翼一般，取得了更为显著的成功。

石油，这国际性的能源，中间充斥着无比巨大的利润，像魔鬼一般地挤进了我们的贸易领地。

我得知后，向米萨建议："我们面前的一丝商机都不能丢弃，何况是石油呢？"

"对，对，对，听你的！"米萨信心坚定地说。

一个开拓新市场的计划全面展开了，米萨和我一同扑进了当地石油的开采项目，几天几夜都未离开公司半步。

为未来的金山般的开掘，工作着、努力着、拼命地干着。

我跟米萨讲，我们开采出的石油去哪儿？卖到哪儿？……最后，我们制定了石油产品南卖平进战略，就是卖到亚洲各个缺油的国家；再就是把开采出的原油输入国家西伯利亚石油新干线。

第五场　内景　白天

西伯利亚寒冷的冬季，姐躲在暖屋中，大门不出，二门不迈，显得特别安静，虽然不再管公司里的事务，却每天忙碌于电话之间，一阵儿伐木场，一阵儿铁路局，一阵儿海关，一阵儿港湾……

我虽然不像从前那般离她很近，也不知道她每天除此之外还在做些什么。但是，偶尔瞬间看见她，发现她的话语变少了，逐渐变少的笑容，内心世界仿佛又增加了许多的沉甸甸。

第六场　内景　白天

我担心姐，约姐出来喝个下午茶。

"这些日子去哪里了？"和姐见面，她淡淡地问了一句。

"去莫斯科转了一圈。"

对于我的回答，她显得很是淡然，轻轻点头之后不再发问。她的无语，顿时让这里变得安静，让我陷入一种无可名状的拘谨之中。

也许在我的内心之中，对这种气氛并不意外，可总想着和她说点什么。我估计姐是知道了我和娜佳的事儿了。

我有所隐瞒地将这些日子在莫斯科的见闻说了一遍。

不由自主地，讲到了红场上发生的那些事情及一些自己的看法和想法。

很忽然地，她抬起美丽的脸庞，毫无预兆地，两行泪水淌了出来。

这让我有些慌乱，不知该如何是好。

那泪水，充满了无比的伤感，没有任何声音的哭泣。似是无尽的追忆，更像对逝去的悼念。

良久，她才收住了泪水，轻轻道来："那轰、轰两声是炮声，我在电视上知道了，这儿正在努力地改革着，其他的那些地方呢？"

一句莫名其妙的话，让我怔了一下。可她再没有多说，陷入了深深的沉默之中。

良久的沉默之后，姐又说起了她的故事。

她本是一个名牌大学的博士生，有着原本的生活和美好的前程。也许爱上了那个"他"是个错误，可不曾后悔。只是如今的背井离乡，并不是全怪"他"，只是现实生活的一次参与，让她不得已而为之。

我虽然不知道她所说的那个"现实生活的参与"指的是什么，可是从她那悲戚的眼眸之中，我读出了一种"深痛"的感觉。

我感觉到，那是无尽的哀怨。

寒风之中带着阵阵的悲哀，雷声之中带着哭喊，闪电之中带着凄凉。

铁与血铸就的历史，谁也不能事先判断出谁对谁错，只有用几代人的价值去感受那种历史留下的悲怆，才能解释这曾发生的一切、一切。

她目视着南方的天际，在那里有着无尽的怀念、追忆，还有无法割舍的情怀。

如今的黑松林，有我们良好发展的事业、滚滚而来的财富及无法改变的事实。唯有将所有、所有的往事埋在记忆的最深处。

在深夜不知名的角落里，轻轻呼唤那些神灵们的名字，用永恒的爱、泪水和心中的热血去缅怀逝去的往事。

一双手从后面环住姐，打断了姐的思绪。

"我来晚了。"米萨说。

我没有再去问，可已然知晓了一些姐的不为人知的曾经。我清楚她的想法，只是很忽然地不知道该说点什么。

一个下午，就在这样的气氛之中沉闷度过。

我发现姐的身体有些异样，感觉到了她有点不舒服，我有些不情愿地开车将她送了回去，之后和米萨一起回了公司。

第七场　内景　白天

和姐相见的机会越来越少，反而是娜佳会经常性地飞过来，这个青春气息十足的女孩，并不以我们有过激情而羞涩，反而，总会用这种曾有的激情开开玩笑，借以再次相爱。

她每每这样，总会让我脸红耳赤，多少有些难为情。

每逢这个时候，她总会"嘻嘻"地笑着，说："没想到你一个大男人的还会害羞？"

可是，她毕竟是一个处世不深的女孩，还是个正在读书的大学生。她和我的缠绵，在时间上受到了很大的局限，并不能时时刻刻。

娜佳一旦返校离开，我的内心之中除了工作，就剩下孤独、无助和凄凉，每当我送她去了学校，总会显得恋恋不舍，儿女情长。

回到家里，就经常一个人坐在内室，看着窗外发呆。

但是，纵然如此，我们还是没有办法改变她还在读书、没有毕业的现实。

娜佳在我生命之中徘徊着，让我感觉到了许多、许多的暖意。

第八场　外景　白天

自上一次以后，在莫斯科无论我怎么去寻找，都再也没有发现那个流浪的部落。

植入镜头：吉卜赛女郎热情洋溢的舞蹈和末女温柔的笑。

我偶尔会想起她们多情的舞姿，也会想起她们似水的温柔。难免会失望，但也明白，她们可能已经离开了这里，去了其他的地方。

第十四集

第一场　内景　白天

米萨的工作告一段落，可谓是累累硕果，成绩颇丰。

随着那一桩桩生意的谈妥，公司更是一日千里地发展着，一笔笔的生意谈成，可以说每天都有无数滚滚而来的财富。

第二场　内景　白天

这天，正在工作中的我听到电话响了，走过去，接起电话。

姐告诉了我一个账号，让我将一千多万美金中余下的一部分汇入其中。

我不明所以，她告诉我说："这是我能做的最后一件事情了。"

原来，这笔钱是属于那个他的。我并没有多问，按照她的吩咐汇了过去，并逐月将木材也发给他，就这样我们提前半年还清了那一千万美元的本息。

我忽然明白了姐的意思。

那个他，虽然现在背叛了当初的誓言，和姐的爱情并没有个结局，可爱过毕竟是爱过，这笔钱是他当初让姐带着去谋求共同的生路，但是他怕了，他没有坚持到最后。

他的放弃、逃弃、背弃，无疑伤害了姐，可姐还是希望他过得更好。

再后来我才知道，姐给的这笔钱之中，不仅仅包括了当初的本金，还有一大笔的利息也在其中，而他也靠着这笔利息，对他们国家的银行做出了不小的贡献，在自己的事业之上也有了更好的发展。

也许，对于姐而言，他的成就是她成就的，也是姐想看到的，更是他想看到的。

姐借贷的那一千万美元还清了。

这正是：

他他他和她，

本应是一家。

一个弃爱去，

两位暗厮打。

天下无情理，

情理只有她。

……

对于我而言，在这里赚到的所有金钱，完全变成了失去激情的数字。

第三场　内景　白天

我去了米萨家，亲口告诉姐，钱已经打过去了。

姐让我进去坐坐，我犹豫了一下，还是说道："我还有事，就不进去了，改天吧。"

"哎，你等等……"姐看我转身要走，拉住我的袖子说。

姐送给我一个长条提箱，打开一看，是一支世界名牌猎枪——立管豹牌十连发。

"给我的？送给我？姐你们还是自己留着用吧。"我故意这样说了一句。

姐对我说："米萨曾是特种兵教练，有收藏枪支的嗜好，家里都快成了军火库了，啥枪都有。这是我专门给你买的，拿着吧！"

我高兴极了，情不自禁地又把姐抱在怀里，又吻又谢，过了好一会儿，姐把我轻轻地推开了。

她说："我已为人妻，这样不好，以后你再别这样行吗？"

我点了点头，心里极不情愿意地"哼"了一声。

姐接着对我说："枪是打野兽的，不是打人的，这点你一定要记住。还有，你要像爱我们一样，爱这双筒。黑松林里的野兽多，有熊、有野猪、有狼群，听说还有老虎……这枪你放在车上，随时可以防身，可别忘了要经常擦哟！"

我看着姐的眸子，认真地、重重地点头。

第四场　内景　黄昏

夕阳下，我靠窗而坐。

我拿出那支枪，擦擦枪、上上油、瞄瞄准……

手指抚过枪管，像是在抚摸我珍惜的爱人，脸卜洋溢着止不住的笑意。

第五场　内景　白天

不知米萨怎么知道了姐送了我一支猎枪。

这天在公司，他斜着眼瞅我问道："你会打枪吗？别没打着动物倒把自己打着了。"

我看都没看他，头也没抬地回了他一句："会打，打得准着呢，每枪都是十环，百发百中。"

我肚里暗暗念叨着（画外音）：小瞧我，我从小就是从部队大院长大的孩子，个个都军训过。

米萨看我这样，扔下了一句话："那好，哪天我们一同去北极村猎熊！"说罢，他头都没回地走了。

第六场　内景　傍晚

米萨在事业和家庭得意之后的日子里，显得容光焕发，精神满满。

于是，得意之中，他又想起了那场和我的约定。

我毫不犹豫地答应了他。

回到家后，我又拿出那支枪，擦擦枪、上上油、瞄瞄准……

第七场　内景　清晨

第二天，天还没亮，我就起来了。

刚刚收拾好，就听到米萨的大嗓门在窗外喊我。

我拿着东西出门，"得拉斯维杰（俄语：你好）。"

"得拉斯。"米萨低低地应了一声。

米萨开车来接我，路上，我问米萨："开车去吗？"

米萨笑而不语。

第八场　外景　清晨

米萨开车进了停机坪。

我看着眼前的直升机惊讶了一番。

米萨拍拍我的肩膀，示意我上去。

当我拎家伙上了飞机后才发现飞行员坐在副驾驶的座上。

米萨打开机舱门，坐在了驾驶位，驾机向着极光闪烁的地方飞去……

第九场　外景　清晨

那是白茫茫的一片大地，千里冰封，万里雪白。

初春的这里，由于不夹杂任何的人迹，显得就像是一个纯洁的仙境一般。

寒冷依旧，冰洁、美丽，可这儿并不平静。

这里是最著名的国际狩猎场，有各种各样的野生猎物。

但是，那几天不知道什么原因，一点动静都没有，最终让我们有些失望。雪橇车在冰原上转悠了数日，没有碰到熊，也没有碰到北极狼、北极狐和海豹什么的，让人心灰意冷。

第十场　内景　夜晚

临返程前，我们又发现了几个黑发的故乡人，也住进了这个北极村。我与他们打完招呼，唠了一会儿，他们先去入住了。

米萨和我开着玩笑："你们的人真是多，只要人能想到的地方，总能见到你们的影子。"

我不知道他这话是什么意思，淡淡地回了他一句："他们都是来北极村旅游的，如果这里只有动物，我们也不会来。"

米萨轻轻地连说了几句："好奇地跑动、好奇地跑动……"

我一直都没搞明白米萨嘴里反复叨叨的那两个词，是什么意思？

但是我们拎着的猎枪，还有准备了许久的备品已经没有了用武之地，让我感觉有些颓靡，米萨显得比我有耐心。

第十一场　内景　夜晚

这天早晨，米萨和我又开着雪橇车再出去时，他发出了一声欢快的叫声。

"熊……"他大吼了一声（在俄语中，熊就是米萨）。

我拿起了猎枪，用我平生最快的速度驾着雪橇冲了出去，在不远处，有一头浑身披雪的成年公熊在奔跑着。

它仿似感觉到了危险，在跑的同时低声嘶吼。

米萨的速度更快，脚下踩着雪橇，快速地追着，并用枪不时地瞄着猎物。

在这个时候，他在那里大声地喊，吩咐着我："快去那边拦堵它。"

好不容易见到了猎物，我怎么会就此放过呢？他吩咐完之后，我已然截到了前边，举起了手中的枪，自然而然地瞄向熊，也瞄到了米萨……

第十五集

第一场　外景　清晨

就在这时，我的耳边又传来了姐的声音。

姐（画外音）："枪是打野兽的……"

我的枪口瞬间垂了下去。

我又听到了米萨的喊声（画外音）："你在干什么？还不开枪，你个胆小鬼、你个懦夫……"

我再一次端起了猎枪，对准了棕熊的方向，毫不犹豫地打了两发子弹。

棕熊嗷嗷地痛叫，最后倒地不起。

我手舞足蹈地大声喊着："是我打中了它！"

米萨也在这个时候来到了我的身边，哈哈大笑着，拍了拍我的肩膀，竖起了大拇指。

我和米萨用雪橇车把熊拉回了旅馆。

第二场　外景　清晨

回到北极村，米萨向村里交足了狩猎费之后，他在院子里就开始处理熊。

他用军刀迅速地剥开了熊皮的那一瞬间，那残忍的画面，让我的心头一颤，暗暗发誓今后我永不再猎杀野生动物。

米萨将所有的熊肉装入袋中带回去给伐木场的员工们吃，把那肠肠肚肚留给了村上的那几十只爱斯基摩犬。

第三场　外景　白天

登机时，米萨和飞行员抬着那一个个沉重的麻袋，我帮着米萨把他携带的装备搬上了飞机。

这时，我才突然发现，米萨狩猎时的那支 AK47 根本就没有弹夹，所有的装备中也没有子弹。眼前的这一切让我惊呆了。

"米萨，不装子弹你……你……你也敢打熊？"我结结巴巴地问道。

"我用匕首已经猎杀过两只熊了，这次来是陪你打熊，陪你玩的……"米萨哈哈哈哈地笑着说。

听罢，我心中暗暗地说了一句："这哥们一生可交。"

第四场　内景　白天

依旧是米萨驾机。

经过几天的相处，我和飞行员也熟络起来。

从飞行员的口中得知，除了开直升机，米萨还会开苏–27以下所有的机型，还会驾驶、使用 T–72 坦克及所有的战车，骑马、摔跤、擒拿格斗，样样精通。

我心里暗暗赞叹，这哥们真是靠得住的牛人。

第五场　内景　白天

返回了黑松林，我将熊皮和一副熊的前掌送到了姐的面前，姐欣慰地看着我说："这次北极圈之行，让我对你俩放心了。"

这一刻，我为自己曾经瞄准了米萨而感到脸红。

尝了几口米萨做的熊肉，我便匆匆带着两只后掌和熊胆离开了米萨庄园。

第六场 外景 傍晚

回到家时我连门都没进，我把猎物直接送给了房东——娜佳的父母。

临走前我还特意嘱咐："熊胆要慢火焙干后，保存在密封的瓶子里。焙干的胆汁研成粉末，泡酒喝下，可以驱风湿、治疗关节疼。"

娜佳的父母高兴得嘴中不停地谢着，临行前约我过两天来家里吃熊掌，娜佳的妈妈有意无意间随口说了一句："还是你给我贴的那个东西好用。"

我只是笑笑没有接话，毕竟我只有两服膏药了。

第七场 外景 白天

米萨的名气，像是如日中天一般雄起。他在这个地方，显然有了很大的名望，成了富甲一方、举足轻重的人物。

当米萨的木材生意越做越大，同时，也和多国的石油大亨们密切联系，对于黑松林的木材采伐就显得不怎么专心了。

在姐的劝阻之下，米萨还是放弃了其他生意，最后还是一心一意地做着木材生意。

我们每个月的采伐量近万立方。

第八场 外景 白天

正因如此，导致了许多的鸟儿失去了栖息地，不同程度地破坏了山里的自然生态。

红嘴鸥，这个穿梭于昆城和西伯利亚的候鸟，在春暖花开的时候鸣叫着，极度优雅地来到了属于它们的地方。

当初的和谐变得不在了，是我们毁坏了它们的家。哀鸣声阵阵，穿透了整片森林，钻进了姐的心扉。

第九场　内景　白天

鸟族的人，对于鸟的情感，那是无法用言语去形容、去感悟的。

姐站在窗前看着黑松林，眼里含着悲伤，突然，她眼中划过一丝坚定，仿佛有了极大的决心。

姐转身进了房间，里面传来各种工具碰撞的乒乓声。

第十六集

第一场　外景　白天

一辆车驶入黑松林，姐从车上下来，身后背着个工具袋。

从那天起，她很果断地、忘记自我地每天驾车穿梭着，拿起了小锤、小锯，为了这些鸟儿的栖息，为它们建起一个个的尖顶、圆门、漂亮的小鸟屋。一百、一千、三千、六千、九千、一万……

结婚四五个月的她，小腹已经是微微隆起，显然是有了身孕。

第二场　内景　白天

我和米萨劝姐，希望她能放弃，不要再这样忙碌了，回家静养。

她的回答无疑是坚决的——"不！现在是红嘴鸥的繁育期，它们的孩子也要出世了，我还要去给它们置办礼物呢。"

说完，她看了一眼自己隆起的肚子。顿时让我和米萨都无言以对，最后也不得已而同意。

第三场　内景　夜晚

我站在书桌边，想着倔强的姐，下笔如有神：

> 高洁鸟女恋小鸥，
> 身怀六甲不歇留。
> 尖顶小屋鸥仔孵，
> 怎知她累心更苦。
> ……

写着，念着，眼前又浮现出姐看到红嘴鸥们住进了小窝时满足的笑容。

第四场　外景　夜晚

天不遂人愿，这个季节的西伯利亚是多雨的，狂风肆虐着黑松林。

她一个女人的心血，很忽然地被一夜吹散，无数的雏鸟从小窝里掉了出来，在地上挣扎着、哀鸣着。

那是对生的渴望，那是对这个世界的眷恋。

大鸟们落在它们的身边，用喙推动着它们，用尽全力想要从地上将自己的孩子带回家，只是，它们做不到……

那是动物的本能，生物对后代的爱护。

第五场　外景　白天

姐的出发次数显得更加频繁，没日没夜地出入于森林和城镇之间，她在为它们争取时间，她在为它们重新制造一个又一个的家园。

可是，这数量太多了，每天的工作量对于她而言显得有些大。

她的努力，抢救了很多小鸟，可还是有很多的鸟儿就这样逝去，一个个幼小的生命离开了这个世界。

第六场　外景　白天

姐在这个时候做出了一个很荒唐的决定，她为了识别每一只自己救下的鸟儿，竟然跑遍了西伯利亚周围的所有城市，将那店里的金、铂戒指全买了下来，一一地套在了它们的脚上。

和钱无关，她的举动一时间让我和米萨百般不解，尤其她这样，显得有些疯狂，不由得让我有些担忧起来。

第七场　外景　白天

姐坐在窗边望着黑松林的方向，我和米萨想再去劝劝姐。刚走到姐身边，就听到姐在自言自语："又是两个月过去了，鸥仔们已在学习飞翔了，夏天过后，鸟儿们会带着这些指环飞回昆城，那里是我的家乡，它会告诉我所有的亲人们，我在异国他乡，生活得很好。"她的语气之中有些失落，还有无数的眷恋，可是她的眼神之中闪烁着坚毅的光芒。

听罢，我的内心扑腾了一下，用不确定的眼神看了她一眼。

是的，异国他乡，我们出来已经很久了，在这个地方，我的忙碌让我没有时间去想远方的家人，可是姐不是我，她的思念、她的内心，已经到了一种超越精神境界的形式。

不确定姐想到了什么，我有些想念我的母亲了。

第八场　回忆　虚化入镜

妈妈站在老院子门前等我，看到我下班回来拐过巷子口，就迎了出来，在围裙上擦着手，温和地笑着："回来啦，快洗手吃饭了。"

第九场　内景　白天

然而，米萨是一个莽汉，他不会细心地感觉到这一切，也只能经常性地劝解着姐，偶尔会出手帮助一下，减少她的工作量。

由于我们的时间还是极度地缺乏，我和米萨将生意越做越大，创造的财富也是越来越多，可是，我们对姐的关怀却越来越少。

我们都没有注意到，姐的肚子越来越大，脸上的忧思却越来越多，话语也越来越少。

第十场　外景　白天

米萨的脚步已经迈进了石油商圈，三口探井同时开钻。

我还不能说他是一个石油大亨，可是在这儿很难找到他这样综合性的人才了，在这儿，他的身份地位更加重要。

油田里的工人们正在干活，热火朝天。

姐站在窗口，看着外面热闹的景象，一只手抚摸着肚子，却仍是一脸孤寂。

第十一场　内景　夜晚

我和娜佳，总保持着一定的联系，偶尔抱着一大堆的零食，守着电话，就这样没有任何目的地聊上一夜。

那边的声音总是"咯咯"地笑着，偶尔会说点学校里的趣事，调节着气氛。

听筒里传来娜佳那边硬币一个接着一个往电话里投的声音，我们乐此不疲。

第十七集

第一场　内景　夜晚

脚下的那只小狗宝贝趴在我的身边，静静地听着我和娜佳的对话，总是自己听得累了，时不时用不满的眼神瞅我一下，然后继续低下头来憨憨睡去。

外面风雨交加，内景我和娜佳通着电话。

挂了电话，我趴在沙发上迷迷糊糊地睡着了。

第二场　内景　凌晨

一阵急促的电话声响起，我有些不满地看了一眼时间，天还未亮，可电话却是这样地准时。

当我接起电话，那头传来米萨焦急而不安的话音。

他告诉我，姐不知道什么时候独自开车出去了，到现在还没有回来。

短短的一句话，我仿似感觉到了五雷轰顶，一下子蒙了过去，是的，我的内心不由得焦急了起来，那种感觉不言而喻，让我坐立不安。

我大吼了一声："你到底做了什么？"

"没……没……没做什么……"米萨在电话那头结结巴巴地说着。

我气愤地扔下电话，抓着衣服冲出了门。

第三场　外景　深夜

我从车上下来，眸子猩红，发疯般地冲进了米萨家。

米萨整个人看上去是异常憔悴，他的脸色苍白得就像个死人，坐在家里的沙发上，双手紧握着。

当我带着湿漉漉的水迹，冲了进去之后，他一下子从沙发上站了起来，快步赶到了我的面前。

"你还待在这里干什么？"我怒吼了出来，"还不多派些人手出去找她！"

我的出现，让米萨有了一点点的主见，急忙跟着我出门，驱车进山。

第四场　内景　深夜

来到了伐木场，在工人们住的地方，我把姐失踪的这个消息告诉了大家，他们听到后自发地、成群结队地去寻找姐了。

黑松林是何其大，纵然我知道姐肯定会在这里，但我们快将整片森林给翻了过来，可姐的身影依旧没被发现。

我的内心，随着时间的推进，开始变得冰凉。

就像是这阴天一样，下着雨，像是哭泣，像是喘息，更像是血从心底喷出痛苦！

那种难言的预感，让我像是热锅上的蚂蚁，坐立不安。

我心里念叨着："千万别出事，别出事……"

时间一分一秒地过去，它就像是一把无情的刀一样，剐着我内心，疼得让我整个人痉挛成一团，我无力地倒在了地上，背靠着一棵大树，在那里剧烈喘息着……

米萨来了，他整个人就像是发疯的狮子一样，发出阵阵低吼，声声撕心裂肺。

他像泄了气的皮球，一下子坐在了我的旁边，没有说任何的话……

就在这沉闷的可怕的痛苦中，这样整整的一夜过去了。

该找的地方都找了，姐依旧下落不明！

第五场　外景　黎明

东方的天际微微发白，启明星升起，阳光终于穿透了乌云，雨停了，风儿却刮起来了！它就像是悲伤的波浪，飘洒于森林之中，吹动着树干，扫动着叶子，"哗啦啦"地奏着不知名的悲歌。还有那被吹动的湖波传得好远好远，就像是无情的流水一样，那声音，就像是悲者的哀鸣，声声透着悲凉。

"啊！"不远处的森林之中，发出了一声惨呼，这让寂静下来的森林变得惊悚。

我没有时间再去理会米萨，也不知道哪里来的精神，一下子冲了出去，三步并作两步走，跌跌撞撞地，快步向着发声地点跑去。

第六场　外景　黎明

那片沼泽旁，已经站着十来个工人，他们低声说着什么，可是我大老远就看到了他们那惊恐和不安的表情，仿似……

我的心，一下子沉到了低谷之中。

当走近前去，眼前是一个偌大的沼泽，也很快地看到了一个人的身体。

一个女人，全身泡在泥水之中，已经没有了声息。只是她，是趴在水中的。

我根本看不清她的容貌，我在心里说着："那一定不是姐！"

众人合力，将那水中的人儿抬了上来。

当洗除去脸上的污泥之后，我的内心仿佛遭受了雷击，轰的一声，我再也站不住了，整个人摇摇欲坠，几个工人发现了我的情况，快步上前，将我扶住，避免我摔倒。

"啊……"痛苦的声音从我身后响起，米萨那雄壮的身体像是旋风一般从我的身边刮过，一下子冲到了姐的跟前，他紧紧地抱着姐的身体，无论怎么去叫，怎么去唤，姐就像是一个安详的婴儿一样，自始至终都没有一点的回应。

"不要啊……"

沙哑的声音从我的嗓子之中传出，仿佛让空气都跟着一同颤抖……

我向前挣扎，可我的眼眸之中开始模糊，我都忘了哭，我只想抓住眼前那如同睡着了的人儿，想要再一次摸清楚、看清楚、知清楚、感清楚，我想：这肯定是假的，肯定不是真的。

她的身体还是那样的柔软，手臂还是那般的光滑……只是触摸到没有了震颤、没有了胴体的感觉、没有了温度，感觉到那一切都是那般冰凉、冰凉……

突然间，我发现她的右手紧紧地握着，指缝间露出一小截拌绳，我知道，那是我送给她的皮影挂件，姐啊！姐……你到了最痛苦的时候，还惦记着把挂件摘下来还给我。

我把挂件从姐的手里拿了下来，想重新再戴回姐的脖子上。

"不，不，不……她曾经向我说过，这是你们家里的祖传之物，她先戴几天感觉感觉新鲜，以后就还给你。现在她已经走了，你还是把它拿回去吧，一是了了她的心愿，二是物归原主。"米萨哽咽地说。

他的话音未落，我已泪如泉涌。

工人们看着，静静地站着，谁都没有说话，他们高大的躯体想挡住外面的风。

但是，却挡不住我内心的悲痛……往事历历在目，昔日的话语、气息和容颜……带着悲凉的哀伤和难以诉说的情怀。

一个追求着自己幸福的女子，为了爱而远走他乡的人，却无法得到自己的爱情。

远走他乡的她，竟陷入了冰冷黑暗的世界，想要从此沉睡。

是谁，在我的内心留下了那难忘的记忆？又是谁，带走了我的全部？

是你！

那个为了挽救精灵们努力的人儿，成就了三个男人的女人，却无法释怀内心的忧伤，带着我的眷恋，去了另外的一个世界。

这个潮湿的沼泽，也仿似带着哀叹一般，周围安静得没有任何的声音。

"啊……"

米萨的声音透过了这片森林，穿过了这片沼泽。

"啾啾……啾啾啾啾……啾！"无数的红嘴鸥，仿似被惊动了，也带着悲伤与凄凉，唱着婉转的哀乐。你们，在为她送行吗？

第七场　外景　白天

清晨、午后、黄昏……我忘记了疲倦、忘记了饥饿，手里紧紧捏着那皮影挂件静静地坐着，听着，我一直无法接受这个事实，眼睛死死地盯着店面的沼泽，仿佛一尊雕塑，一动不动，连眼睛都未眨过。

沼泽的岸边，是姐挣扎过的地方，清晰的两道三指抓痕，水中不远处一个鸥巢被木杆高高地撑起……那两道三指抓痕向它而去，是那般的清晰、那般的深。

我仿似看到了她对生的眷恋，也看到了她对于生命的珍视，那爬行、那挣扎、那一次次对生命的求索……

这三指抓痕有一对比：

那夜后背的炙热
今日泥水的冰凉
生若夏花的绽放
去如雪莲的净洁
……

只是，无情的阴雨让这里变得松软，最后她就这样……

第八场　内景　黄昏
虚幻画面：
姐已经有了六个多月的身孕，她的小腹早就高高隆起。
姐坐在沙发上，黄昏给她的脸镀上了一层柔和的光芒。
姐双手抚摸着肚子，眼中是泛滥的母爱。

第九场　外景　黄昏
坐在沼泽旁的我，心一阵钝痛。
脑海中的画面让我热泪盈眶，那个小生命，你还没有看到这个美丽的世界呢，你怪我们吗？
我内心抽搐着，以至于整个身体像是被抽尽了所有的力气，意识也随着姐的身体被抬走，一点一点地陷入了黑暗。
痛、痛、痛，已经无法让我哭泣，可是我内心之中有恨。

第十八集

第一场　外景　黄昏
看着米萨那悲戚的眼眸带着泪水，那样无助无能的表情，我对着他的面颊狠狠地给了他一拳，米萨一下子就瘫倒在了地上。

"是你没有保护好姐！"我咆哮着、怒吼着，莫大的悲伤终于得以宣泄，这一刻，我感觉到了脸上有了温热。

米萨双眼空洞，对于我的暴力，没有任何的表示，只是愣愣地看着沼泽的方向，也看到了那两道三指抓痕，想着：她在死亡之前，是多么的痛苦。

我最终不支，再一次倒在了地上，嘴里叫着："姐、姐、姐……"

手伸向前方，我好像看到了她对着获救的小鸥在笑，她在对着我笑，想要将她抓住，想要将她留下，可是，就在我眼前一黑之际，所有的一切景象又消失了，就这样……就这样……就这样……

第二场　内景　白天

我睁开眼，入眼是陌生的房间。

起身，走出去。

米萨庄园已经准备了灵堂，米萨守在姐的身边，静静的，那粗犷的脸上满是温柔。

我站在前面，注视着那美丽的容颜，她却是那么的安详。

我想，她在梦里找到了自己的爱人吧！

纵然，她还怪他，可是她却爱着他。

三者间的微妙，谁都说不清姐腹中那孩子的身份，但有一点，她的心永远还属于他。怪谁？

第三场　外景　白天

姐被安葬的那一天，黑松林的市民们来了许多许多，他们都被姐为拯救小鸥而献身的故事所感动，一枝枝送挽的白花堆得像小山一般高。

姐的骨灰撒在了她热爱的黑松林之中。

那天，天空中飞翔的红嘴鸥非常非常的多，一会儿高飞，一会儿低翔，"啾，啾"的叫声是那般凄凉，仿佛在为它们的主人唱着挽歌。

第四场　外景　夜晚

那天，我又独自去了姐逝去的地方，岸边一棵倒下的大树挡住了我向湖中走去的步伐。我翻越了几次，都未能成功。当我再一次摔倒在大树旁，我轻轻地扣剔着树干上青翠的苔藓，感悟着、迷失着、向往着、自责着……我展开双臂拥抱着这棵巨大的躯干。

也不知道什么时候，我爬上了树干。

满天的星斗，我一寸寸地吻着这芳香的树干，我慢慢地从树干的粗壮处向树梢爬去，又慢慢地从树梢爬向树干的粗壮处、又从树干的粗壮处向树梢爬去，一寸寸、一寸寸……我终于止住了向湖中走去的念头。

这时天已大亮，我迎着初升的太阳，大声吼叫了一声："姐，我永远爱你！我会把你没有做完的事情全部做完！"喊叫中，我晕了过去。

第五场　外景　凌晨

我再次蒙蒙眬眬苏醒时，温暖的阳光照在我的身上，有人在用棉签在我的身上涂抹着药水，我想大声地喊一声，但是不知怎么了，嘴和舌头都不听使唤了，我只好用腹音轻轻地喊了一声："娜佳……"然后我睁开了眼睛，果然是她。

娜佳轻轻地说了一句："你已经昏睡三天了，是伐木场的员工救了你，把你送回了家，那时你浑身是血，吓死人了。"

娜佳继续说："你个傻瓜，你个情痴，你个爱情呆子，你真以为那棵躺倒的大树是你的姐啊？哪有像你这样不要命的。"

她随手拿起了一份病历给我念着，"双肘严重磨伤，筋骨外露……"

这时我才感觉到两只胳膊被厚厚的绷带缠裹着。

娜佳继续念着病历，"盆骨处严重皮肉损伤，左侧盆骨骨骼外露……"

听到这儿，我又隐隐约约地感觉到了腹部的阵阵疼痛。

"……双膝关节皮肉组织严重损伤……"娜佳把病历扔到了一边，说，"我还是给你涂药吧。"说着用棉签蘸着药水，在我的小腹下部涂了起来。

我不好意思地躲了躲。

娜佳笑着说："都成这样了还不好意思，别动，涂不上药万一感染了，你的下半生尿尿就得接根管子了……"她的话还没说完，我的眼睛里已充满了泪水。

第六场　内景　白天

那年暑假娜佳就这样整整照顾了我一个多月，喂我吃饭，为我涂药、换药，扶我行走，直到我完全地好了。我与娜佳的人生情结也慢慢地凝融在一起了。

那些日子里，每天看着她的身影，我都暗暗地念叨着："这个女人值得爱，我会爱她一辈子。"

第七场　回忆　虚化入镜

姐的身影时不时浮现在我的眼前：在洽谈会上相遇的一瞥

一笑，在宾馆大厅与小孩子对话的一言一行，在冰冷的沼泽中挣扎的一举一动……那种痛、那种楚、那种不可磨灭的精神缠索、那种细胞的关联、那种刻骨铭心的记忆……仍一次次冲击着我的情感神经，让思绪游离，让我时时不能忘怀。

第八场　内景　深夜

梦中惊醒，我紧紧地抱着娜佳，悲伤得不能自已。

娜佳没说什么，只是回抱着我，轻轻地抚着我的背，安抚着我的情绪，小心地避开我的伤口，像哄小孩子似的让我再次入睡。

她自己则坐在床边，握着我的手，不知在想什么。

第九场　内景　白天

那段日子我和米萨一样，浑浑噩噩地不知道如何度过。自那以后，米萨就像是生命被抽空了精神一样，一蹶不振。

米萨偌大的生意，就像没了主心骨一般，乱成了一盘散沙。

我鼓励过米萨，我想让他从这种状态中醒来，可他自始至终都沉浸于姐死亡的阴影之中，无论怎么劝，无论怎么说，无论怎么骂，无论怎么打，都无济于事，他都是那般昏昏沉沉、无法解脱。

第十场　外景　白天

我的内心和他是一样的，但我不想让姐的心血就这样付之东流。我强撑着、努力地工作着。

我试着忙碌起来，伐木厂还得伐木，运输的火车还得跑，三口石油的探井还得继续打。

只有在那种疯狂的忙碌之中才能让自己不去想、不去问，或者不去回忆当初发生的一切。

只是，记忆的深处就像是挥之不去的魔鬼，如附骨之疽一般如影随形。

在我的不停忙碌下，生意在原有的基础上滚翻着，利润也是有了大幅度的增长。

因为我始终记着姐曾给我说的话，"不成功你就不要回国，不成功你就不是一个好男人"。我是这样听的，也是这样做的。

第十九集

第一场　内景　白天

周围的朋友们尝试着给米萨再找一个爱人，一个、两个、三个……米萨统统没有同意。

那种让米萨解脱的办法，我发现是错的。

我去找米萨，发现他又把自己灌得烂醉，生活在醉生梦死之中。

优雅的笑声变成了狂妄的肆虐，眼神迷离，带着痛苦和悲伤。

最近，米萨经常出入夜场，每天回来后都东倒西歪。

米萨并不能振作，让我内心焦急。于是我有了另外一个想法，姐曾经成就的男人，就不应该这么脆弱地倒下去。

米萨是爱姐的，所以……

第二场　外景　白天

娜佳经常回来看看我，可相处的时间久了，虽然她每次都有不同的有趣的点子来约会，但慢慢地我发现我和娜佳之间的情感，总有那么一点点的缺憾。

这天，我又去了莫斯科送娜佳回学校，与娜佳在校门口吻别后，便独自返回。

那天下午，我又遇到了那些吉卜赛的姑娘，还有她们的老族长。

老族长饱经风霜的脸上带着微笑，热情地招待了我。他们告诉我说："过些日子，我们也去黑松林。"

第三场　内景　白天

我专程去见了米萨，他还是那样醉生梦死、无法振作。

我负责任地对他说了一句："给我半个月的时间，让我回去，除了处理一些贸易事务外，我争取把她给你找回来……"

他一会儿摇头，一会儿点头，一会儿傻笑，真不知道他是什么意思。

我颇有些怒其不争的情绪，也不知他听清了没，便用手离开。

第四场　内景　白天

回国后的几天里，我约见了几个内地的大老板，经过几次谈判，我们达成了合作意向，内地与黑松林的生意得以顺利地发展了。

忙完了生意上的事，我就开始考虑米萨的问题。

我想去昆城看看，那个姐出生的地方，她生活过的地方，或者见见她曾深爱的人，告诉他和他们……

我的想法很多很多……但是，最终的目的还是想着去昆城，顺便给米萨找一个"姐"——新妻子。

第五场　内景　白天

拉着行李箱走出昆城机场航站楼，我站在机场门口深呼吸。

当吸了一口这儿充满乡土的空气之后，我的肺腑里感到了无限的舒畅，积攒了无数时间的悲伤，一下子被替换了出来。

在这儿，有她的影子。她曾说，那美丽的鸟儿不知疲倦地穿梭于西伯利亚黑松林和昆城的滇池之间，可惜，现在不是冬天，我无法见到那些美丽的精灵。

第六场　外景　白天

走在人群拥挤的大街上，走着走着，我忽然发现这儿与那儿的不同。这个世界显得太拥挤了、太近距离了、太稠密了……

我由起初的漫不经心，到最后专程去了昆城的那所名牌大学，想要去思索什么吗？去感悟什么吗？去寻觅什么……

这时候的昆城已经很热了，尤其到了晚上，坐在绿荫下的长椅上，晚风吹动让人感受着无尽的惬意，让人清爽无比。

可是，内心之中总会有一个声音向我诉说着……

画外音（姐）：我很冷，我想回到这儿……

这是姐学习过的地方，在这里有着她的童年、少年、青年……所有的记忆。

姐离开这儿已经三年了，其中最后的一年她走得太远太远，让我们永远无法相见。我走着姐走过的路，去阶梯教室听课，走在池塘边的小路上，去试想，姐会不会重新出现？

我每天都在祈祷着、思谋着、期盼着什么……

第七场　外景　白天

无可名状的驱使让我驱车沿着滇池南岸的山路去了郑和故

里宝山。

那天的炙热来得太早，不到上午九点已热到了三十四五度。

我在湖旁的土山上漫无目的地行走着，面颊上一会儿流淌着汗水，一会儿流淌着泪水……

第八场 回忆 虚化入镜

郑公下西洋的历史画面一幅幅地从我的眼前闪过。

那庞大的船队，那高耸的桅帆，那精美的中国瓷，那漂亮的丝绸、绣品，那一位位勤劳勇敢的水手……这里的每一寸土地，每个步伐都在我脚下向我传递着那个时代贸易的历史轨迹。

第九场 外景 白天

这种传递，一会儿让我悲，一会儿让我喜，一会儿让我哭，一会儿让我笑。

几百年前，郑公就有了那样大的国家支撑，尽管目的地是那样的渺茫。那般的庞大与我们的渺小、目的与反差、成功与失败、收获与付出，驱使着我的脑海不停地在问着为什么，为什么？

第十场 外景 白天

烈日下，我将外套脱了下来，挂在了身旁的小树上，又走了一段，我将衬衣也挂上了树梢，又走了一段，长裤放上了树杈……

当我静下心来回头再看，发现自己已经走到了南岸山峦的高处，身上只剩下一双棉线袜、短裤和跨栏背心。我坐了下来，歇息一下，还好，迎面有清凉的小风阵阵袭来，将我内心原有的燥热平息了许多。

我顺势躺在那山坡上，伸了伸懒腰，望着蓝天，轻轻地问着自己："人生何必自寻这么多的烦恼？"好一会儿，没有任何的回复。

我又一次大声地问道："苍天，你为什么让人们有这么多的烦恼和痛苦？"许久许久，还是没有任何的回复。

我口中念叨着："天呀，你不应，我只有去聆听和感悟这大地的信息了。"

我的胸膛与隆起的土地亲密无间，左耳紧挨在地上。

我们老家有一个说法：左耳听世界，右耳听母音。我就这样倾听着、感受着、接收着郑公故里百年的递送。

不知过了多久，我发现耳朵下的黄土已被汗水和成了泥土。胸口也不知为什么那么痒痒。

我坐了起来，先拨拉去了沾着在耳朵上的泥土，再向胸前细细一看，发现是有那么五六只黄米粒儿大小的蚂蚁在我的胸前爬动着、忙碌着，它们是那般的渺小。

我轻轻地把它们一个个捉起放在掌心中，用惊奇的眼光细细地看着这些小东西，我大声地说着："欧琴、麻伶尕！欧琴、麻伶尕！"（俄语：非常、非常小的意思）。

然后，我把它们轻轻地放回了大地。

突然，一种豁达、敞亮、痛快让我头脑清醒，茅塞顿开。我大声地嘟囔着："这趟没白来，让我知道了这般、这番、这物。"我明白了，这是一种五百多年古远地气予我的传递，我也明白了，这是一种弱远生灵信息之间的传递。我在宝山再一次找到了答案。

我们每一个人在历史长河面前，都如同那蚂蚁一般弱小，只有辛勤地劳动才是人类财富的永恒。

归途，我打扫残局般地一件件地穿好了衣物，趁着夕阳向北岸驶去。

第十一场　外景　傍晚

傍晚，北岸昆城湖畔的鸟儿们依旧成群结队，唯独没有红嘴鸥。

我手提着鸟食，漫不经心不断地撒向了湖中。

"扑棱——扑棱……"鸟儿们争先恐后地扑了上来的声音，一下子围了过来，它们在空中舞蹈着、向水面俯冲着。

就在我愣神的瞬间，不远处传来了阵阵笑声，我想应该是女孩们看到了漂亮的鸟儿后发出的笑声吧。

我回头看笑声的来源，那一看——变成了永恒。我真不敢相信这是真实的，可我的眼睛无情地接受了这个现实，这一刻，我又见到了姐。

第二十集

第一场　外景　傍晚

特写：那洋溢着青春的微笑，红润美丽的脸庞，犹如瀑布一般的黑发，与姐一模一样。

特效：女孩儿的笑脸渐渐变成姐的笑脸，重叠。

画外音："姐又从天上掉下来了吗？"

我内心这样问着，这么想着，这么猜着，这么疑惑着……

我边想边快步地向她迎了上去，可她没有一点感觉，没有丝毫的防范，也没有向我投来一点点相识的目光。

我冷静地醒悟了过来，是的，她长得太像姐了，可以说两者是从一个模子中刻出来的，比孪生姐妹还要像，但是，在我感叹大自然的神奇之下，自然了解，她并不是姐。

想着，迎着，快步走着，我急忙上前和她说话，谁承想，我的鲁莽惊吓，唐突了佳人，惊叫声中，她们快步消失在茫茫人海之中，让我没有跟上。

相像也罢，相似也罢，相近也罢，她真的太像了，我用一模一样来形容都一点也不过分。

第二场　外景　白天

几天来我在昆城的大小街道上仿佛是漫无目的地行走，其实我是在寻觅，在大海里捞针般的，想再次去相遇她。

每每看到背影相似的女孩，我都冲上前去，然后失落地道歉。

一天、两天、三天……每天回复我的都是徒劳、没有、无果、白忙活。

第三场　外景　白天

一周后的一天我郁郁地独自又去了昆城湖畔，倚着护栏从怀中掏出一支雪茄点燃，借着那淡淡的轻烟，望着天空飞翔的小鸟、碧波上嬉戏的鸭群和那粉艳的荷花……

突然我发现了和姐长得一模一样的——她，我惊叫了一声。

她并没有注意到我，一个人安静地行走于湖畔，看看这里，再看看那儿，这里的景色宜人，吸引着她。

画外音：

> 自古天下多奇事
>
> 天造孪女各一方
>
> 不是让我亲眼见

以为倩姐出地藏

……

第四场　外景　白天

一路紧随，最后还是惊动了她，被她发现。

可她并不确定我的意图，不敢叫，不敢喊，唯有加快步伐，快步地往回走着。她要去的方向，是昆城的那所名牌大学。

我并没有就此放弃，一直跟着她走到校园内的一栋女生宿舍楼前时，她突然发出一声大叫，在别人吃惊的眼神中跑进了楼道。

她这样跑进去，显然表现出她对我的害怕。

看她跑进楼内的瞬间，我一下愣住了，随即苦笑了起来。虽然知道自己犯了一个很严重的错误，可我内心并没有觉得不妥，可惜的是，我还没有问到那个女孩子的名字。

第五场　回忆　虚化入镜

我脑海里只有米萨浑浑噩噩的样子，只有姐送我枪时声声叮嘱我的样子，只有姐倒在沼泽地里冰冷的样子，只有过去的点点滴滴。一切的往事重归脑海，让我难受得无法淡然。

第六场　外景　白天

就在我复杂情感之时，从楼门口一下子冲出了四个怒气冲冲的女生，刚才那个姐一般的女孩也在其中，只是落在其他三个女同学之后。

四个美女齐刷刷站在我的面前，她带着怒气，指着我喊道："就是他……就是他……他已跟了我好几天了。"

语气激动的她，一只手指着我的鼻子，另一只手比画着和

233

同学们说着。

我愣愣地站在原地，承受着那种美人的呵斥。

几个女孩子表情各异，但是在她们每个人的身上都散发着青春和魅力，她们看到我之后先是一愣，很快，其中一位装出了一副大姐大的样子冲到了我的面前。

"喂，你就是刚才跟随我们小妹的色狼吗？"

这种质问让我感觉异常尴尬，我没有否定，诚恳地点了点头。我的反应倒是让几个女孩子不解了，从外表上看，我自然不像是坏人，也没有一副流氓的长相，只是我的跟随稍有点鲁莽和草率而已。

"臭流氓！"看着我的文雅、淡定，这女孩子一下发威了，说，"你跟着她有什么见不得人的目的？想干些什么？"

我摇了摇头，轻轻地说道："没什么见不得人的目的，只是她很像我曾经的一个故人，唐突了！对不起。不过，我可不可以和那位小妹谈谈呢？"

这个要求显得很无礼，甚至可以说过分。

几个女孩子对我心怀戒备，在我目标尚且不明确的情况下，她们能不抱有戒心吗？她们一个个的眉头皱着，怒气冲天，看在我还不像坏人的分上，已经很客气地没对我动手，而我却不识好歹，提出这样那样的要求。

"这个我不能决定，得看她的意见。"最后，这个装大姐大的女孩子收了所有的气愤，皱眉说道。

"好的，好说、好说，我先谢谢你，我们也别都站在这儿，像是要打架一样，我请你们去吃过桥米线，顺便谈谈，好吗？"我轻轻地这么说了一句。

自觉不自觉地，所有人都将目光落在了她的脸上，等候着她的回答。

我的眼神之中显得急切，很害怕对方拒绝，真是的，我从来都没有这么紧张过。

她沉默了好久好久，有些不确定地看了我一眼，然后看向自己的同伴，最后勉为其难地点了点头，轻轻地说了声："可以。"

第七场　内景　白天

我们在学校一个湖边的米线店里坐了下来，这里的空气异常清新，周围的鸟叫声清脆得很，老字号的过桥米线更是浓香可口。大家坐下后，气氛才有所缓解。她一直没有说话，直到吃完了那一大碗过桥米线，才发声。

"其实，你的这个泡妞方法很烂！"她首先开口了。

"呵呵……何以见得？"我笑着不停地摇着头说。

"长得像熟悉的人？这种手法我不是第一次遇到了。"她愤愤地说道。

"那你为什么会答应我？"我笑着问她。

她摇了摇头，说道："不知道为什么，我看到你眼眸之中闪现的目光，是那样让人悲伤？"

我不知道该如何接她这个话题。这里的环境太过于静谧，当我们都不说话的时候，听见的，只能是那清脆的鸟叫声，还有那微风吹动树叶的沙沙声。

我还是将我想说的话说了出来，将关于姐的一切的一切，就像是有了诉说对象一般，认真地、缓缓地，却又带着缅怀，一句一句地说了出来，讲述给大家。

她们都听得很认真。

"啊！她和我们学的是一个专业，竟是我们的学姐。"大姐大说着。

"差别在于人家是博士生，我们是硕士生。"另一个女生接着说。

"我们的优势也有，咱们的第二外语学的是俄语。"另外那个女生这样搭了一句。

只是唯她更为细心，还时不时地问这问那。听着听着，她眼里的泪水也流满了面颊。

"米萨呢？"她听完之后问道。

"在西伯利亚黑松林，整日酗酒，已不成人形！我想请求你……"说到这儿，我再没有勇气说下去，自知下面这个要求有些太过分，显得更加的自私。

她没有做出任何的反应，静静地看了我一眼，然后将目光放在了池塘水面上，渐渐远眺，陷入了久久的沉思。

"有话就直说，有屁就快放，婆婆妈妈，眼泪巴嚓，真让人难受！"女生大姐大打破了这种沉默。

"一个奇女子，成就了三个男人，可惜，自古红颜多薄命。"她叹息了一声，就要起身，道，"我如何才能联系上你？"

我热切地掏出了名片快速地递给她们每一位，嘴里叨叨着："反正你们马上也毕业了、停课了，面临着求职，有的是时间，欢迎你们一起去黑松林，我负责给你们办签证、买机票，说句真话，就因为你，我都又耽误了一周时间。"

第八场　内景　白天

在昆城的时间过得很快，我的痛苦并没有随之减少，相反，当遇到和姐一样的她之后，显得更加沉重。

我偶尔也会自私地想着，若我和她能在一起……

可这种想法很快就被自己抛却。她是她，姐是姐，姐在我心里的位置，是不能被任何人代替的。我又想起了米萨、想起了他每日的痛苦，我所有的想法都会随之不见，剩下的，只有深夜之中的无助般的祈祷。

米萨，需要振作。米萨，需要她去拯救。米萨需要彻底的复活！

好几天了，她没有联系我，我每天期盼着，等着，直到心灰意冷。

这天，我决定放弃，正在旅馆收拾行李，打算离开。

突然，电话响了。

是她打来的，"我还是一个人去试着看看吧！"她的语气是那般的异常淡然、刚毅和自信。

她决定跟我一起走。

挂了电话，我激动得蹦了起来。

那天我一夜未眠，我暗暗地为米萨庆幸，他有了复活的可能。我也暗暗地为姐庆幸，她有了化身，我更暗暗地为自己庆幸。她像一个美丽的精灵，神一般地降在我们当中。

躺在床上，我露出这些日子来第一次真心又舒心的笑容。

画外音：

> 为救米萨回昆乡，
> 巧遇鸥女与她像。
> 风情万种侠义强，
> 这种见面助缘忙。
> ……

第九场　外景　清晨

第二天一大早，我跑到那栋女生宿舍门前，久久地徘徊着、等待着。

当她从楼门口出来的一瞬间，我冲了上去，紧紧地拉着她的手说:"我替我的姐谢谢你,米萨有救了,我们的公司有救了,我们的事业有救了!"

当着那么多的女生,她的脸瞬间变得绯红,她挣脱我的手,坚定地说了一句:"你去办手续、买票吧,我一定跟你走!"

我高兴地、发疯般转身跑了,边跑边喊:"谢谢啦!你等着我来接你!"

第二十一集

第一场 内景 白天

办手续的过程中,我接过她的身份证,上面写着:姓名——欧阳玉。

她说:"也可以叫我欧玉。"

鬼斧神工,神秘造物,姐叫白羽,她叫欧玉,她们长得那么像,她们的名字也这么相像,真是让人百思不解……

"白羽、欧玉,还真是像。"我自言自语。

"你说什么?"

"啊,没什么,走吧。"

第二场 内景 白天

当她见到西伯利亚黑松林时,由衷地说了一声:"这儿好美呀!"

这里的空气依旧是那么清新,鸟鸣声声、雁雀嘟嘟、红嘴鸥啾啾……优雅得让人内心难以平静。

我有些迫不及待地将她带到了米萨的住处。

阳光明媚的下午,可他的屋门依旧紧闭着,很显然他还没有醒来、还没有起床或者还在宿醉之中。

第三场　内景　傍晚

我打开了房门，昏暗的环境中，让我感觉到了一阵阵的酒臭味，她已忙用手帕捂住了口鼻，我赶忙把大门敞开，通通风。刚踏出半步，一不留神就踢倒了地上的酒瓶，"咣当当……"空荡的房屋内回荡着这个声音，如同心碎一般。

"是你吗，金？"米萨沙哑的声音传了过来。

我很诧异，他还能准确地辨别出我的脚步声。当我打开客厅三层吊灯时，我彻底地傻眼了。

这时的他哪里还有我刚见到他时的体面！蓬头垢面、衣履脏污、皱巴巴的，胡须也不知道多久没有处理了，乱糟糟的，犹如野草一般铺在脸上。

他斜靠在墙角旁的三人沙发上，光着脚丫子，脚下放着一瓶还没有喝完的伏特加，也许是被强光刺到了、他闭着眼睛，单手遮光，另一只手夹着嘴上叼着的雪茄，缩坐在那儿。

"米萨，你来看看吧！我把谁给你带来了？"我说话的时候，将她推到了前面。

米萨极其不愿意地睁开了眼睛，他的眼神之中满是迷茫、无助、伤心和沮丧。

她看上去有些紧张，当看到米萨那个狼狈相时，她轻轻地一笑，只是，有那么些勉强。

然后，她轻轻地用俄语问了一句："你好吗？"

"啊！"米萨发出了一声惊叫，一下子从沙发上爬了起来，也不顾自己是光着脚的，跌跌撞撞地就冲了过来。

离她还有一米的距离，他停下了自己的脚步，极其不确定地揉着眼睛，最后还重重地扇了自己一记耳光，这一下让他清醒了许多，终于发现自己没有做梦。

突然，米萨一下子将眼前的女孩紧紧地抱住，没给她任何思绪的准备。

她轻轻地挣扎了一下，但米萨那熊一般的身体，她怎么能挣脱呢？

他轻轻地叫着姐的名字，用汉语诉说着对姐的思念，表达着自己的歉意和欣喜，将她抱得更紧，这紧紧地搂抱甚至让对方的脸上有了痛苦的神色。

我没有再说任何的话语，独自离开了这里，出门的时候，将门轻轻地关上了。

我知道，米萨有很多的话要和"姐"说，好多好多。

第四场　外景　白天

我的内心没来由地痛了一下，难受的我坐在了门口的台阶上。

里面传来了米萨低泣的声音、悲伤的言语，还有很多很多的情话……

我静静地坐着，任凭太阳的烘烤，浑身炙热，全然不觉。

也不知过了多久，我从这种反应中醒来，起身，慢慢地走开。

第五场　内景　傍晚

我直接走到了房东的院中，还没叩门，房门已经打开，房东和他的太太高兴地迎了出来说："金，欢迎，欢迎，我们知道你回来了，但没想到你刚回来就来我们这儿了。贵客临门，欢迎欢迎。"

"不用欢迎，不用客气，我们是好邻居、好朋友，我这次从昆城回来，给阿姨带了一件丝绸上衣，上面还绣着孔雀图案呢，希望阿姨喜欢。"说罢,我双手将衣服递上,说,"您试试,看合不合身。"

房东太太连连说:"斯巴西巴……斯巴西巴……(俄语:谢谢……谢谢……)"高兴地扭哒扭哒地走进里屋试衣服去了。

我转头对房东说:"噢!噢!噢!还忘说了,还给您带了一件我们那儿的古老乐器——陶埙,我给您吹一段听听?"

"好……好……好,吹吧吹吧,好听我也跟你学着吹。"房东连连点头说。

我打开包装盒,拿出其中一个陶埙,轻轻地吹起了电视连续剧《三国》主题曲:"滚滚长江东逝水,浪花淘尽英雄,是非成败转头空,青山依旧在,几度夕阳红……"

音嗡嗡,声颤颤,曲呜呜……我还时不时停吹,清唱两句。听得那房东激动万分,手舞足蹈地打着自己的节拍,连连说着:"真好听……真好听,你能教我吗?我年轻时也曾吹过长笛呀!水平还不赖呢!专业术语,叫有基础、不错……"

听他这么一说,我连忙说:"好的,好的,我来教你吹,咱俩一块练。一定会成为这儿的埙霸——老少双埙。"说罢,我从礼品盒中,又掏出一只个头稍小的陶埙,并告诉房东,"这只是高音,刚才吹的那只是低音。两个合起来吹,就是一个非常好的组合了。"

房东连连说:"毛日那……毛日那……斯巴西巴……斯巴西巴……(俄语:可以……可以……谢谢……谢谢……)"

房东太太穿着我送的新衣服出来,开心得合不拢嘴。

房东在一旁不停地夸赞着:"真好看,真好看。这件衣服太适合你了,很中国风。"

房东太太也很满意,一个劲儿地跟我说谢谢。

第六场　内景　黄昏

从那天起，房东变成了我吹埙的学生，每天吹两个小时，由于他有吹长笛的基础，又懂乐理，因此，进步非常快。

他时不时地给我送些吃食过来，顺便再问我几个问题。

不到两周的时间，他已能吹出些调调来了。

第七场　外景　傍晚

一天，我从采场回来，路过房东家，从房东的屋中，传出了《三套车》的陶埙曲调，不一会儿，还听到房东他那浑厚的男中音唱着："冰雪覆盖着伏尔加河，冰河上跑着三套车，你为什么这么忧伤……"

我边听边笑，肚里暗暗地说着（画外音）："万里之外，又有了一个知音了，真可谓难能可贵。"

第八场　内景　白天

二十来天的离开，公司里的事务积攒了很多很多，我埋头忙碌了起来，整整一天一夜没有离开办公室半步。

第二天，我见到了米萨。他恢复了以前的状态，生龙活虎。

"谢谢你，金！她回到了我的身边。"他激动地拍着我的肩膀，对我笑着说道。

我没有说什么，面对着米萨，我总有些歉然，虽然他娶了姐，可我至今还在设想，姐肚子里的孩子是……

"也没什么，若你可以，我想离开几天去休假。"我说道。

对此米萨一笑，也许有了那个女孩，他的心境已经变得不一样了，又有了努力的动力，对于我而言，也是一件好事。

"不、不、不，金，我俩请你吃完一顿晚餐后你才能走，我才给你假。"

第九场　内景　夜晚

那天的晚餐用得很愉快，我们三个像一家人一样，喝着红酒，品味着烤鹅、鲟鱼块的喷香……整个过程米萨反反复复地重复着那一句——谢谢！你把她帮我找了回来。

也正是这句话，让我的心不停地一次又一次地阵痛，神经不停地抽搐，呼吸仿佛窒息……总之，我又快疯了。

失恋是每个人心灵船舶必然迷失航向的时刻，无论你十八还是八十，也不论你是男还是女，只要你是一个正常人，这种迷失一定会有！

第十场　内景　清晨

我进入了梦魇，伸出手想抓住什么。

植入画面：

我在森林沼泽那里徘徊，漫无目的地走着，眼眶湿湿的、脑子空空的、心灵伤伤的，那种从未有过的苦苦涩涩的感觉。

姐的身影突然出现在前面，我赶忙跑了几步，手不由自主地伸出去，像是要去触摸什么，想去抓到什么，想去抱住什么……

一次次出手都是空荡荡的。自己还会不由自主地念念叨叨，像是要去呼喊什么，想去喊叫什么，想去喊回什么……一次次呼唤都是空的，没有一丝回应的。

那种哀伤是一种前所未曾有的，痛进骨髓里、痛入脑袋里、痛到指尖里的痛。

现在回想起才明白，那就是失去最初的爱恋、失去至爱情人的悲怆！

243

第二十二集

第一场　外景　清晨
第二天，我悻悻地离开了黑松林。

我先去了莫斯科，想去见见娜佳。

一天一夜打了几十次电话，她都没有接。让我疑虑重重，妒火中烧，更是疯上加疯。

我无助地随意流浪般地走着，没有改变的路，依然带着独特的美丽，独特的河流，还有白杨树的丛林。

这条路我不知走过多少回，可这一次，走得有些如释重负和那般欢快。

优雅的歌声响起，是从河边的白杨林里传出来的。

第二场　外景　夜晚
走近看，原来吉卜赛部落又回来了。

世人皆知，吉卜赛篷车部落穿游于欧洲各国，历经数百年，歌舞魔技、卜把算测神秘如渊。其秘之首当数吉女，吉女之美，美在奇，美在真，美在灵，美在丰富多彩、风情万种……

任何男人在吉女的多姿风娆面前，都像失去了骨的肉、抽去梁的房，似痴、似癫、似醉、似泥、似柳，上瘾而无法自拔。

常言道：吉女爱，爱死人，吉女一代传授一代的御男之术，更是情种绝异人类极致，男人不可抵，遇则难辨昼暗，定欲弃神绝。

她就像是我最亲密的情侣、极尽缠绵，她更像是一只翩翩飞舞的蝴蝶、飘忽不定，她可以用绝美的舞姿展现出最美的自己，诱惑着你来为她倾尽所有，她的喜、她的怒、她的悲伤，几乎占据了我的所有，她就像个精灵一般，徘徊在我身边的每一个角落。

那一夜，我犹豫着，步履蹒跚，我想扑过去，又自觉不自觉地退了几步，我的胸中有一股艳火，也有一块洁冰，有欲望，更有克制……这一切的一切，最后都在音乐声中土崩瓦解，理智皆无。

终于，在无法遏制的音乐声中，我走了进去。

余下，几近疯狂，美酒狂舞，为此我也付出了他们的美食、舞蹈演出的费用。

那是没有后悔时光逝去的沉沦，更是像没有一场春花雪月的妙梦。

忘记了所有烦恼，没有任何后顾之忧，极力地享受着吉卜赛女郎的温柔。

多情、如水般的温柔，倒映着美丽脸庞的篝火，危险情人。

第三场　外景　夜晚

吉卜赛部落足迹遍布于东欧、北阿拉伯之间，因血缘远、基因优，更是美女如云，吉卜赛酋长卡卡台手下的四大女神更是甜妙无比，也正是那个末女曾让我魂魄游离许久……

在同一个地方，见到了同一个部落，见到了末女。

她依旧美丽如始、风姿妖娆、笑脸如花。

我见到了酋长卡卡台，在那帐篷前，他抽着烟，欢迎着我。

在这儿总是会让我忘记太多现实的忧愁，自觉不自觉地跟随着她们游荡了起来，伴随着歌舞、白日的酒红，夜枕美人膝。

这样的日子过了许久许久，我都忘记了如果这样下去的后果，就像是飞蛾扑火一般，奋不顾身。我迷恋于末女的风姿，享受着她的温柔，为了她，我宁愿放弃其他的憧憬，尽管，这是一个温柔的陷阱、无底洞，填不满。

第四场 内景 黄昏

米卡其是部落中的老人，所有的女孩都从她那里学艺，如今七十多岁的高龄，仍保持着年轻时的绰约，能歌善舞，对于男人，她比谁都要了解。

"你还是离开吧！"

"不，我要娶她！"我不顾一切地告诉她，我想娶走末女。

她告诉我："吉卜赛的女孩，只嫁给能守护她们一生的男人，你做不到。"

我不知道她为何说得这么肯定，可是看着她充满睿智的眼睛，仿似要将我全部看穿一般，无所遁形，我沉默了。

令我和米卡其没想到的是，此时的末女正站在帐篷外，抿着嘴无声流泪，显然是听到了我们的对话。

第五场 外景 夜晚

那一夜，我独自趴在那破旧的大篷车长椅上，那仙女般的舞姿、夜莺般的歌声、那伏特加的醇香、那葡萄酒的夜艳、那皮鼓的咚咚声、那弦琴的悠扬……都未能让有我丝毫的动心。那长条椅的木棱、那大篷车在音乐中的颤抖，仿佛是一条条、一次次那情感的关联，激情地探入，我的身体自觉不自觉地抽搐了几下。

第六场 回忆 虚化入镜

我想起末女的一切，温柔的微笑。

可忽然，姐的容颜出现在了我的眼前，她想要说点什么。

突然，末女的美貌又挤了进来。

面对着她们，这一刻，我到嘴边的话全部咽了下去，再也没有办法说出口。

第七场　外景　白天

吉卜赛部落随着季节而游荡，我跟着他们走了大半个西部。

每当我精力显得萎靡时，末女总会站在我的面前，轻轻地笑着。

这天，末女演出结束，直直地向我走来。

我坐在大篷车上，看着末女一步步走来的身影。

她坐在我旁边，靠着我的肩膀，用迷离的眼神看着我，带着婉转和忧伤。

不知为何，在那一刻，我的心抽搐了一下。

静静地坐了许久，末女终于开口："什么时候走？"

一阵无形的疼痛，一下子到了肉体的最深处。那是灵魂，是我的根本所在。

但我还是回答："周末。"

末女低下头，抱紧了我的胳膊。

我没看到她眼中欲坠的泪珠。

第八场　外景　白天

火车站。末女含着泪水，送我离开。

我把身上所有的钱和值钱东西都留给了她。

当火车离开时，我看到了站台上亮丽的她随着列车在奔跑，努力着，低声哭泣着，却没有叫出声儿……她的双手伸了出来，想要抓住什么。

可是，无情的火车发出"哐当、哐当……"的声音。

最后，她的身影消失在了我的视线。

我靠在车窗上，心中荡起悲痛（画外音）：

　　姐走悲痛血在流

　　米萨有她没了愁

　　又悲又妒遇末女

　　吉族篷车解情忧

　　忽闻忠语春梦醒

　　转回大河划轻舟

　　……

第九场　回忆　虚化入镜

我好像做了个梦，很长很长的梦。

梦中，一会儿是妈妈倚着门等我回家；一会儿是伐木场采伐景象；一会儿是一群红嘴鸥漫天飞舞，其中一只从我的眼前飞过，戴着一枚亮晶晶的指环，我想再仔细看看时，它又与它的兄弟姐妹们会合，向山的那边飞去……

第十场　内景　白天

我靠在车窗上，脸上露出痛苦的神色。

挣扎着醒了过来，难言的一种情愫，在这广阔的土地上，伴随着风儿的吹动，像是荡漾起湖水的波澜，一波接着一波，白天天碧浪，无穷无尽。

我给不了她一生的承诺，我只属于我的出生地，纵然在这里有着属于自己的事业，可是我忘不了……

那些戴指环的红嘴鸥们，它们带着我的思念，翻山越岭，穿越于这两个国度之间，也许我的心停在了那里，再也回不来……

第十一场　外景　白天

回到黑松林，我恢复好了心态，就开始全身心投入工作。

连日的工作让我无暇顾及其他，却总是想起娜佳。

植入画面：娜佳挎着我的脖子，凑到我耳边，轻轻地说着："我想你了。"

我从工作中抬起头，脸上带着微笑，鬼使神差般地在一堆文件中翻出电话，拨通。

第二十三集

第一场　外景　白天

娜佳接起电话，笑着说："我想你了。"

虽然依旧有说有笑，只是脸上带着些犹豫。

"金，"她突然很严肃地喊我，"我要毕业了。"

"是啊，我终于等到这一天了，恭喜你。"听筒里我的声音有些不清晰。

"我是想告诉你，我毕业后想去乌克兰，那里离那儿近些……"

第二场　内景　夜晚

"不……不……不要去，不要离开。"我在电话这头急切地对娜佳说。

久久久久的沉默，久久久久没有说话声，房间里很安静，有的只是我粗粗的呼吸和电话里娜佳轻轻的泣声。

第三场　外景　清晨

第二天一大早，我就飞向娜佳……

拨通电话，娜佳沙哑的声音传来："喂……"

"我在楼下。"

我在楼下焦急地等待着。

娜佳一脸微笑地从宿舍楼奔出来，扑向我怀里。

她的微笑让我抽搐一下。

第四场　内景　白天

咖啡馆，娜佳抿了一口咖啡，依旧看着我笑着。

我轻轻地对她说了一句："还是回家吧。"

"我才不呢，回家？你说得这么简单？"娜佳张扬地冲着我大声说。

我沉默。

"你想咋样？是不是让我独自回去，还是你独自回去？"我有气无力地说道。

看着我沮丧的样子，娜佳哈哈地笑出声来，一下子抱着我说："你怕我离开你吗？"

我轻轻地点了点头，嘴里发出一声："嗯，哒（俄语：是）……哒……哒……"

这轻轻的一声"嗯"让娜佳收敛嬉笑，松开了搂抱我的手臂，站到了我的对面，然后，一本正经地对我说："只要你像爱姐那样地爱我，我就不会去再爱任何人，我永远属于你！我永远是你工作的好帮手、家中的好妻子、孩子们的好妈妈……"

她的话音未尽，扑通一声，我已单膝跪在她的面前，一边拉住她的手，一边从怀中掏出早已准备好的那枚两克拉的钻戒，戴在了她的无名指上，说道："亲爱的娜佳，请求你接受我的求婚，嫁给我吧！"。

娜佳的面颊泛起了绯红，浑身颤抖，激情万种，一把抱住了我的脖颈，在我的额头上来了个重重的一吻。吻得那个重啊！亲得那个疼啊！

第五场　外景　白天

我牵着娜佳的手，坐在校园的树荫下。

我乘机摘下脖颈上的皮影挂件，轻轻地挂在了她的胸前，娜佳看了又看，摸了又摸，爱不释手，长长地说了一句："谢……谢……"

过了一会儿，娜佳撒开手，直直地站在我的面前，将我给她戴在无名指上的钻戒取下……

看到这儿我一愣，连忙要去阻拦，嘴里连珠炮般地问着："干什么？你想干什么？"

就在这时，她把那枚取下的戒指正正地戴在了中指上，然后，表情庄重地对我说："金，你能再等我一年多点吗？"我急忙打断了她的说话，连连地叨叨着："为什么呢？为什么呢？为什么再等一年多呢？……"

娜佳看着我那着急的样子，笑了起来，说："又不叫你白等，我会给你送上一个珍贵的礼品——硕士学位。金，告诉你我已经考上了研究生，你总不会叫我半途而废吧？"

听到这儿，我连连说道："你太能了，考上了研究生为什么不告诉我呢？我等！我等！我一定等你做我的新娘。"

娜佳笑着再一次搂住了我的脖子，一霎间那吻液让我如同洗面。

她嘴里小声嘟哝着："我只拜托你每周都来看我、爱我……"

第六场　外景　清晨

为了增加我待婚的自信，第二天一大早，娜佳就领着我去了奥林匹克体育场的假日跳蚤集市。

九点没过，这里已挤满了各种各样的车辆，商贩们打开车门叫卖着，兜售着自己的商品。

娜佳挽着我的手径直向市场中心走去，这时我才发现，羽绒服、健美裤、化纤羊毛衫……渐渐多了起来。

"侬买些啥子（上海方言）？"

"快来到俺这看看，新货上来了（河南方言）。"

"哪个龟儿子把我的摊位占了，让我咋摆东西（四川方言）。"

"这旮沓有鳄鱼西装扣三元人民币一个，快来看来，快来买了（东北方言）。"

……

我熟悉的各种乡音让我倍感亲切，也让娜佳高兴得手舞足蹈地说着笑着。

突然，一个三十多岁卖毛巾被的，用戏腔大声地喊了一句："嘿，哥们！你做的啥买卖？挣了多少钱？能找上这么一个美丽漂亮的这儿的名校大学生（北京方言）。"

我猜他是看懂了娜佳胸前戴的那枚校徽吧，我笑着连连回答他："都卖过，都卖过。"我还嘚瑟地卖弄了句："我还卖过胎里么甚，你卖过吗？"

那哥们立刻瘪气了，一脸的困惑，忙去取出汉俄字典，翻动着、念叨着："胎里么甚……胎里么甚，什么是胎里么甚，我怎么没找着"。

我冲着他大声喊了一句："哥们！慢慢翻去，我走了。"

走出一段距离，娜佳轻轻地对我说了一声："胎里么甚？你们那儿的玻璃胆的热水瓶？你太有想法了、太有才了、太棒了，真是一个好生意，这儿还没做过，拉来卖准赚钱。"娜佳的夸奖让我自信满满。

我和娜佳说着，笑着，手拉着手慢跑离开了这儿。

第七场　内景　清晨

第二天一大早，娜佳醒来的第一句话："我昨天梦到了你和你们西部那儿的一大帮年轻人，嘴上叼着护照，用力地拉着三节旅行大包，通过霍尔果斯口岸，向我渐渐地走来……那天，我和你成交了第一笔生意，我用两个套娃换回了一大堆长筒袜。"

娜佳的笑声中，我发蒙了，"我没有过拉大包的经历呀？还一次成交了两个套娃，什么意思？"

娜佳笑着摇头，"我也不知道。"

第八场　外景　白天

为了弥补对娜佳的情感亏欠，我们约定放假时陪她多走走，多看看。

在放假的这些天，娜佳领着我先去了大克里姆林宫，看了那儿的悠久历史，见到了欧洲建筑的宏伟，知道了孪生尼古拉大教堂的哥哥原来是在这儿。

我顺便告诉了娜佳，"那个孪生的弟弟尼古拉大教堂，是修在了哈尔滨市中央。我小时候，父母领着我去参观过，因为年纪小，只记得那儿修得很漂亮，也很亮堂，特别特别大，很好玩……"

"有空你也带我去那儿看看。"娜佳激动地说。

我沉默了一会儿，低低地回了一句："去不了了，那里经历了一场浩劫……"

　　"没关系……没关系……浩劫？就是里头的东西被抢光了呗？咱们去看看那宏伟的建筑，一样的，一样的。"娜佳没等我把话说完，就讲了她的一通想法。

　　为了不让娜佳扫兴，我故意打岔说："莫斯科人民真聪明，'二战'时，用油漆和伪装给这一大群建筑都穿上了外衣，迷惑了希特勒一伙法西斯，让他们辨别不到东西南北，找不到真正的克里姆林宫，轰的、炸的都是仿替物……"

　　"哎……哎……哎……别打岔，你就说什么时候你带我去看哈尔滨的那个尼古拉弟弟大教堂？"娜佳板个脸不高兴地说着。

　　"嘿！这儿的历代沙皇登基的殿堂，也很漂亮哦。"我又打岔说道，话还没完。

　　"你又打岔……你又打岔……你就说一句到底带不带我去？"娜佳这回是一脸不高兴地说。

　　无奈之中，我只好低低地回了一句："尼古拉弟弟大教堂已经没有了，已经看不到了。"

　　"胡说，你骗我，你就是不想带我去看。"娜佳一脸怒气地说。

　　"哎……我没有说谎，在那一场史无前例中，尼古拉弟弟大教堂已彻底地被一些人拆毁了，没有留下任何的原有的建筑痕迹，听说，拆毁的建筑砖瓦就拉了几千车，才运完……回去我托朋友给你找一幅原来的图片看看，好吗？"我沉沉地回复她。

　　娜佳这一次再没有嚷嚷，只是一个劲地说："太可惜了！太可惜了！太可惜了！真是对人类文明的亵渎。"

　　那天，一直到吃晚饭，我的心情还是沉甸甸的，比起往常，言语少了一半以上。

　　聪明的娜佳早就知道了因由，打趣儿地逗我说："明天我领你去看美术馆，再不惹你生气了……"

听娜佳这般说，我的心情略好一些，由阴转晴。

第九场　内景　清晨

第二天一大早，娜佳就带着我去了特列奇亚科夫美术馆。

艺术家的作品震撼了我年轻的心灵。

在列宾的《意外归来》那幅画前，我们站立了许久。

娜佳给我说，她曾去过圣彼得堡国家美术馆，那里还有一幅列宾的名作《伏尔加河上的纤夫》……

"纤夫？我知道，纤夫是为逆水行船拉纤绳的人，我们那儿也有，最著名的是川江拉纤者，为此，还流传着川江号子，也就是拉纤者的号歌……嘿呦……嘿呦……哎……加把劲呦、嘿呦……嘿呦……用点力呦、嘿呦……嘿呦……"我轻轻地哼了几句。

那一天，我们没顾上吃饭、喝水，从开馆到闭馆铃声响起，把馆内六十多个展厅，全都看完了。

第二十四集

第一场　外景　夜晚

回来的路上，我还喋喋不休地跟娜佳讲："苏里科夫大师还画了一幅《白嘴鸦飞来了》，真漂亮！真漂亮！那般的生动、真实和可爱。真是精品之作呀。怎么就没有人画一幅《红嘴鸥飞回来》的画作呢？真让人想不通。"

"会有的，会有的，以后就算没人画，我去画一幅。"娜佳自信满满地对我说着、比画着。

这一天的喜悦，让我把前一天的苦闷，丢进了北冰洋。

第二场　植入画面

娜佳领我去了托尔斯泰庄园，给我讲解文学巨匠的故事。

娜佳领我去了普希金广场，热情万分地给我介绍，让我认识了诗歌才俊。

第三场　内景　白天

莫斯科大学冰球馆场地上正在进行激烈的冰球比赛。

我和娜佳坐在观众席上，连看了三场冰球比赛。

我抱着零食。

就在这时，赛场上一阵喧嚣，球进了。

娜佳尖声叫好。

我几番给她递上零食，想堵上她的嘴，她也不听，反而越叫越有劲。

几分钟后，又进了一球。

娜佳站起身来跳着尖叫，为好球加油！我拉也拉不住，按也按不下。

周边那几个男孩用那种多情的、有穿透力的、有嫉妒的和嬉皮笑脸的那种眼神打量着娜佳。

最后，我不得不对娜佳说："嗨！这儿太冷了，咱们换个地方，去看马戏吧！"

她爽快地答应了我，起身拉着我离开了冰球馆。

第四场　外景　白天

娜佳拉着我走出冰球馆。

我面色气愤，径直向前走去。

娜佳看我面色不虞，几番打量后，拉住了我，故意问道："你怎么了？"

我看着娜佳，没有说话。

娜佳撇撇嘴，转过身偷笑，我没看到她眼里的揶揄。

第五场　内景　傍晚

那天看的马戏很精彩。

我还是看得心不在焉，神色迷离，眼睛虽一直看着马戏的方向，却不聚焦，空洞洞的。

娜佳还是时不时发出一声惊叹，趁我不注意的时候偷偷瞟我一眼，然后独自笑得开心。

第六场　外景　夜晚

马戏结束后，回去的路上，娜佳侧身看着我，突然站在我面前。

我顿住脚步，看向她。

娜佳勾住我的脖子，趴在我的肩头，在我耳边轻轻地说："小心眼。"

原来娜佳早就知道我为什么生气。

我们在夜晚的街道上追逐嬉闹。

从那之后，我们的感情迅速升温。

第七场　植入画面

几天后，我们俩又一同去了明斯克，一同去了奔萨，一同去了古比雪夫、伊尔库茨克……看了那里的风土民情，看了那儿的苏拉河畔的风光和列宁母亲的故居，看了那欧洲最大的已竖立三十多年的大坝，品尝世界最深的淡水湖出产的鱼子酱、鱼肉羹……

第八场　外景　傍晚

我们一块回到了黑松林，路过市场，就听到有人在卖胎里么甚。

我和娜佳相视一笑。

打听之下，才知道，西部产的气压热水瓶已在这儿的各个城市卖火了。

第九场　外景　夜晚

我和娜佳牵着手，将我们订婚的喜讯告诉她的父母。

那天，她的父母烤列巴，我——西部尕小伙，给他们露了一手：孜然烤肉。

全家人吃着都说香，娜佳妈妈更是说："这是我吃过的最好吃的烤肉。"

饭后，娜佳的父母在收拾餐桌，我本打算去帮忙。

娜佳却拉着我来到小院门前，坐在长条椅上。

望着满天的繁星，就这样依偎着、坐着、看着……许久、许久，娜佳突然说："我想去看看你的妈妈，去看看你的故乡……"

闻言，我惊喜地看着娜佳，一把抱住她，说："好，好，我这就去安排。"

第十场　内景　傍晚

暑假期间，娜佳几乎每天都过来跟我一起吃饭、练书法。

我教她写汉字，其乐融融。

这天，娜佳正在专心练字，我收到了一封邮件。

点开邮件，我不禁欣喜若狂，真是太巧了。

"亲爱的，快来看！"我高兴地说，"母校给我发来了校庆邀请，咱们正好可以在你开学前一起回去。"

"真的吗？那我就提前一周去学校报到吧。"

第二十五集

第一场　内景　白天

我一个人坐在候机大厅里，闭目养神，身边是我和娜佳的随身行李。

脑海中显现的是几天前，为了敲定路线，娜佳跟我撒娇的样子。

第二场　回忆　虚化入镜

我拿出列好的几条回程方案，一个一个地给娜佳展示着，讲解着。

娜佳一会儿点点头，一会儿摇摇头，一会儿又皱起眉头。

看着娜佳纠结的模样，我有心逗逗她。

我挑出了刚才娜佳摇头和皱眉的几条路线，让娜佳选择。

娜佳嘟了嘟嘴，靠近我，"金，我们走丝绸之路吧？我想去看看，好不好？"

我刮了刮娜佳的鼻子，笑了，"好，都依你。我们的第一站是哈萨克斯坦的阿拉木图，我想去那儿看一看，我想去那儿听一听，我想去那儿唱一唱……"

娜佳开心地抱起丝绸之路回程方案，兴奋地憧憬着。

第三场　内景　白天

我带着微笑睁开眼睛，环视四周。

娜佳从远处走来，一缕阳光打在她身上，就像是一束追光灯，闪亮又耀眼，显得娜佳那般圣洁又美丽（慢镜头）。

还未来得及仔细欣赏，前往哈萨克斯坦阿拉木图的登机广播响起。

第四场　外景　清晨

第二天一大早，我和娜佳手拉手地走进了哈萨克斯坦阿拉木图这座美丽的城市。

品尝了那里的美食，体会了另外一种民族风情，也得空儿让我去了一趟情牵梦绕的冼星海大街。

这条用中国大艺术家、大音乐家命名的大街，是那样的美妙、淡雅、文情……我们手挽着手在大街上慢慢地走着，一步、一步、一步……踏着节奏，仿佛又让我走进了《黄河大合唱》的音符中。

接着，我们又去参观了冼星海故居。

离开后，我的心情一直压抑着，沉甸甸的。

看我这副模样，"冼星海，我知道他是音乐家，那他干吗不像他歌中唱的那样，回到老家去呢？不像红嘴鸥那样飞回去呢？为什么要客死他乡呢？……"娜佳认真地看着我说。

面对娜佳的提问，我只能久久地无语。

面对娜佳疑惑的目光，我只好唱起了我的朋友王海成的父亲——王洛宾的那首《在那遥远的地方》："在那遥远的地方，有位好姑娘……我愿她拿着细细的皮鞭，不断轻轻打在我身上……"

伴随着歌声，一幅画面展现在娜佳面前。

植入画面：一个新疆姑娘手中拿着小皮鞭在草原上牧羊，纵情舞蹈，放声歌唱。

娜佳听着听着，眼睛流出了泪水，轻轻地说："王洛宾和他的儿子王海成的故事，你都给我讲过了无数次。王洛宾大师的一生也很凄美。冼星海和王洛宾都是一样的音乐家、艺术家，你刚才唱的歌儿让我明白了这些大音乐家、大艺术家们的生活和命运。"

第五场　外景　白天

那天，娜佳还从大巴扎上买了一件很漂亮的哈萨克彩裙，并立马就穿上了，一个劲儿地问我："你看我漂亮吗？漂亮吗？"

我没有直接地回答她，只是拉起了她的手，唱起了："掀起了你的盖头来，让我来看看你的眉，你的眉毛细又长呀，好像那树梢弯月亮……"

伴着歌声，娜佳忘情地当街旋转起来，轻歌曼舞，引来无数路人驻足观看。

那天我们玩得很尽兴，直到深夜……

第六场　内景　下午

第二天下午，我们去机场，飞机起飞，沿着古丝绸之路，向东航行。

我一次又一次地把头靠在舷窗上，向地面张望，隐约看到了那南北走向的阿拉山脉、天山脚下的乌鲁木齐、吐鲁番盆地……飞机沿着祁连山脉继续东飞。

娜佳靠在我肩上睡得沉稳。

天已渐渐暗了下来，又经过近三个小时的飞行，我们来到了黄河之滨的西部名城——我的故乡。

第七场　外景　深夜

回到家中已近凌晨一点了，走在通往老院子的小巷里，四周寂静。

只有我和娜佳拉着行李箱，轮子在地上滚过，沙沙的响动仿佛在给母亲报信，告诉她，我回来了。

偶尔路过别人家门前，门里传来几声狗叫。

娜佳显得很兴奋，拉着我问东问西。

我一一给她解释。

第八场　外景　凌晨

还没待我们敲门，退休了的母亲已拉开了家门，高兴地说："听到开小院门插销的那声音，我就知道我儿子回来了。快进来，快进来，孩子们，一路上辛苦了。"

回忆　虚化入镜：母亲倚在门边等我回家。

眼前的画面和记忆中重叠，泪水夺眶而出。

我一步冲上前，紧紧地抱住母亲，声音带着哽咽："妈……"

母亲轻轻地抚着我的背，笑着打趣："你让娜佳看笑话了。"

第九场　内景　凌晨

刚进到屋里，母亲就开始忙前忙后。

娜佳背着母亲悄声问我："洗手间在哪儿？我紧张。"

我笑着揉了揉她的头发，给她指了方向。

放下行李，我才发现母亲穿戴整齐，明显是没有睡觉，一直等着我们，等了很久、很久。

母亲忙碌过后，茶几上早已摆满了我儿时爱吃的当地瓜果：有远近闻名的安宁仁寿白凤桃，有如蜜如胶、甜得蜇口的白兰瓜，切开的旱沙地红沙瓤大西瓜，堡子大红枣，黄河大板瓜子……

第十场　内景　凌晨

娜佳在卫生间洗了手，对着镜子，鼓着腮帮子重重地呼了一口气。

回忆　虚化入镜：

我在教娜佳说祝福语，我说一句，娜佳跟一句。

"祝您——"

"祝您——"

"身体健康。"

"身体减抗。"

"万事如意。"

"万时如一。"

……

娜佳的口音让我爆笑不止，经过反复练习，我终于成功地纠正了她的发音。娜佳正确地说了出来："祝您身体健康，万事如意。"

第二十六集

第一场　内景　凌晨

娜佳从洗手间出来，怯怯地叫了一声："妈妈，您好，祝您身体健康，万事如意。"

母亲拍着娜佳的手，说："好，好，好孩子。"之后拉着娜佳坐下，笑得合不拢嘴。

第二场　外景　凌晨

透过窗户，看到内景。

我们一家三口一宿未眠，说了很多很多。

妈妈还把那收藏好的一框框、一本本、一盒盒美妙无比的皮影拿了出来，给娜佳介绍着。

第三场　内景　凌晨

家中的京巴围着我们跑来跑去，冲娜佳摇着尾巴。

娜佳翻着、看着、听着，突然大声地叫了起来："好漂亮啊，欧倩！欧倩……这每一个、每一幅皮影比这钻石还贵吧，好多好多的钱呀！"

坐在一旁的妈妈轻轻地说了一句："这是祖祖辈辈用生命传承下来的，破'四旧'那年，金的爷爷把这些皮影用油纸包了又包，放在铁箱子里，深深地埋在院外的那棵桃树下，他爷爷受尽了折磨，直到死也没有说出来，才把这些珍贵的皮影保存了下来，未被毁灭。"

妈妈翻动着皮影，稍停了一会儿，拿出了一个皮影头像说："孩子，你看，这枚皮影像，在我们金家，收藏已有二百多年了，经他爷爷生前考证研究，这枚皮影已经有六百多年的历史了，你看，他脸上雕刻的精美花瓣，应该是人类最早的纹面。"

娜佳表情神奇地看着、听着，嘴里还不停地应着："真漂亮，真漂亮，你们的先祖真聪明……哦，妈妈、妈妈，我们还给您买了一架比阿尼娜（俄语：钢琴），两天后就到货……"

我忙解释说："她没说清楚，比阿尼娜就是钢琴，知道妈妈会弹钢琴，娜佳就提议给您买了一台回来，时不时弹奏一下，自己陶冶，邻居共赏。"

"呵呵呵……我的指头都老朽麻木了，也不知还能不能弹得好听？"妈妈笑着说。

两只小花猫懒洋洋地趴在沙发上，妈妈说一句，它们就喵喵地跟一句。

那夜，我们一家人聊了许久许久……

第四场 外景 清晨

第二天一大早，我们一家三口就去吃当地最有名的穆萨牛肉面。

我走在前面，娜佳挽着母亲走在后面，一家三口走进了牛肉面馆。

母亲带着娜佳找座位，我去买票。

"三个面，三个肉，三个蛋。"我说。

我给一家三口全要了个双加。

"师傅，一个细滴，一个大宽，一个韭叶，宽的面多些。"

"一细一宽一韭，宽滴面大……"

听着师傅熟悉的乡音、长长的尾音，我倍感亲切。

看着我端上来的三碗面，娜佳一个劲儿地问："怎么我们每碗的面条都不一样呢？为什么？什么叫'韭叶'？为什么呢？"

母亲轻轻地告诉她说："我们这有一种菜，有点辣，又有点辛，俗称'草钟乳'。春天、夏天、秋天它是绿色的，到了冬天，人们给它盖上厚厚的草帘被保温，它们就变成白黄色了，也更好吃了，你这面就像韭菜叶一样，所以叫'韭叶'，他可是特意给你要的啊。"

"真神奇，好吃、好吃……"娜佳边吃边说。

第五场　内景　白天

吃完牛肉面，三人高高兴兴地回了家，娜佳缠着母亲给她讲故事，娜佳听不懂的时候，我就在旁边翻译。

到了中午，母亲和娜佳去午休，我则坐在手提电脑前，写起了明天校庆的发言稿……

第六场　外景　白天

次日，一大早的母校就沉浸在锣鼓喧天、歌声激荡、彩球飞舞、锦旗飘扬、车水马龙、一片欢歌笑语中。

校门口，来宾如云，大家纷纷合影留念。

第七场　内景　白天

我去得太早了，一个人静静地坐在会场的角落里。

拿着进门时领到的来宾名单，一页一页地翻看着。

看到一个熟悉的人，就勾起一段回忆。

第八场　回忆　虚化入镜

老先生在讲台上一本正经地讲课，底下的同学，有的在认真做笔记，有的在发呆神游天外，最后一排的几个皮猴儿（包括我）竟然趁着老先生写板书的时候冲着他的背影做鬼脸……

同学们在运动会中热血沸腾，奋力拼搏，我们班男生在接力赛中获得冠军，全班同学兴奋地一拥而上，平日里正儿八经的老先生也因为激动红了脸，跟在同学们身后，乐呵呵地向领奖台走去……

这样的一幕幕一次又一次地浮现在我的脑海中。

第九场　内景　白天

管不了其他，我只翻找着自己的同班同学，并用笔一一标注之后，好家伙，竟有五十多位同学被校庆组委会邀请了。

我暗暗地为此自豪。

当标记到我们班一个女同学时，我暗暗低语："她竟也来了……"

我们班这个女同学，毕业后去美国转行深造，她和她先生，成了世界知名的胚胎学专家，她竟也不远万里赶来参加校庆……

第十场　内景　白天

校庆会场，师生们欢聚在一起，说过去，讲未来，周围一片嘈杂，但我仍沉浸在幸福、自豪之中，看着母校蒸蒸日上，我也与有荣焉。

第十一场　内景　白天

一个为我们当过一年班主任的老师走了过来，二话不说，一把拉住我的手，说道："听说你发达了，我早就说过，在学校里越调皮的学生，今后才是越有出息的人。"

他的这番话儿引得大伙哈哈大笑……

第十二场　内景　白天

人来得差不多，大家都入席了。

同学们七长八短说个没完，快到饭点时，有人冲我"发难"。

"该让你的'金毛'粉墨登场了吧，快打电话叫过来，走走场，让我们大家品个头论个足。"

同学们你一句我一句的高兴地起着哄。

我打电话给娜佳。

第二十七集

第一场　外景　白天

中山桥前。娜佳站在中山桥上，看着远处的羊皮筏子，对着电话说："我陪妈妈在看黄河，在看百年铁桥和水面上勇敢漂流着的羊皮筏子……你们吃完饭我再回去，行吗？妈妈刚才带我去吃了'瓢鼻子'和肉比萨……"

母亲笑着摇了摇头。

"哦……哦……说错了，妈妈说我说错了，是酿皮子和肉夹馍，妈妈说一会儿还要带我去吃灰豆子和糖油糕……"

第二场　内景　白天

校庆会场里，我的手机中传来娜佳的声音："好吗，金？我一会儿再来，行吗？"

还未来得及挂电话，又听到了娜佳兴奋的声音："妈妈，羊皮筏子好好玩，我能坐吗？"

我挂了电话，摇了摇头，摊手做出无奈的表情，"大家都听见了吧……"

第三场　内景　白天

闪光灯、摄像机在我们的笑脸上闪耀着，传递和记录下了孪生姐妹师范大学的辉煌。

省电视台还给我们几个做了专访，我的代名词是"下海"，我面对着镜头，轻轻地讲述着"下海"经历，讲述着成功的喜悦，也讲述着那一个个失败的痛苦。

最后，我讲道："……我感谢、我庆幸！我生活在这个伟大的时代！是这个伟大的时代，给了我一次又一次机会，和一个个演绎各种人生的舞台。"

第四场 内景 黄昏

那天，我激情满满地回到家中，一进门，就感觉到气氛不对了。

客厅里祖辈们传下来的那书法台案上，已铺好了毛毡，放上了六尺整张宣纸，九龙洮砚里也已研好了墨，摆上了笔。

看到这些，让我一愣神，娜佳跑过来说："妈妈问我你每天还写字吗？我说写，但是我看不懂，所以今天妈妈摆下了考场，让你写几下。"

说话间，妈妈笑着从里屋走出来，手里依旧拿着让我太熟悉不过、一生不会忘记的小竹尺，笑着说："墨，我指点着娜佳给你研了个中浓，你看行不？好长时间没见你写字了，今天露一手，给你老娘看看，行不？"

看这阵势，我心里嘀咕，今天如果写不好，肯定得挨手板子。

于是，我提了提气，静了静心，走到台案前，抓起笔，蘸满墨，弹笔间，对母亲说："出门在外，儿不敢不练，有没有长进，请您校看我的新作——《七律·兴隆山》。"

说罢，我凝神提笔、略加思索后，口中似唱似吟随笔楷写：

七律·兴隆山

祁连巍峨俏兴隆，
崖险峰俊山花红。
石阶岭坳八百转，
接驾御征平匈奴。

抗倭青山寄汗冢，

蒋公招部点战兵。

醉抚峡涧千珠美，

唯有风流万古存。

看罢，母亲放声大笑，笑着说："吾儿文采大器已成矣，此作精美，定传百年。"

看到母亲这般的知足感慨，我嬉皮笑脸地逗了一句："我与书法写得最好母亲的儿子，还有差距呀！"

母亲听罢微微一愣，笑着对娜佳说："我儿这小子又在给我翻小肠呢，他小时候，我天天看着他练毛笔字，写不好就会吓唬他说要打手掌，这淘小子，总想些点子来对付我。"

我笑着说了一句："您和爸爸没少打我手板子，可疼着呢！"

"妈妈，他咋对付你的？"娜佳笑着问母亲。

"记得那年小学刚开学，我正在检查他的毛笔作业。突然，他问了我一句：中国历史上，谁的毛笔字写得最好？我说有曹全、有二王、有颜圣……不等我说完，他说我说得不对，那你说是谁，这臭小子回了我一句——岳母！"母亲接着说，"岳母教育了个好儿子，在儿子的背上，刺了四个大字——精忠报国，中国的母亲都知道这个故事，当年，这小子就拿这个来对付我的……今天，他又拿这个来对付我了。"

娜佳忙说："妈妈，妈妈，我听出来了，他没有对付你，他只是说他没有岳飞做得好。岳飞是大英雄，我知道的。"

我们回到沙发坐下，娜佳拉着母亲问起我小时候的事。

我在一旁不停地对母亲挤眉弄眼，希望母亲不要说太多我的糗事。

第五场　内景　夜晚

一周时间转瞬即逝，娜佳要去上课，我也要回去打理公司了。离别前，最难舍难分的，还是那此时无声胜有声的母爱和母子情……

临走前一天，我和娜佳给母亲买的钢琴到了。

那一夜，母亲和娜佳轻轻地弹奏着优美的民歌《茉莉花》。

借着琴声我移步院外，深情地抚摸着那棵铭记着久远的老桃树，久久、久久地杵在那儿，思绪万千。

第六场　回忆　虚化入镜

爷爷把这些皮影用油纸包了又包，放在铁箱子里，深深地埋在院外的那棵桃树下。

那棵桃树，那一个个能让孩子们咧嘴笑开的果实，那一盆盆让左邻右舍温暖的奉献，那烈日炎炎中带给人们饮茶聊天的清沁……

爷爷在给我讲故事，父亲在我高考失利时跟我谈话，考上大学时的庆幸，在黑松林谈成第一笔交易时的骄傲。

第七场　外景　凌晨

二毛子星退去，三毛子星出来……

突然，屋内的琴声停了下来，娜佳走到了院外，将我拉回家中，她轻轻地说了一句："我们该去机场了。"

这时，我发现妈妈和娜佳也一夜未眠。

第八场　内景　凌晨

母亲把小竹尺和祖辈们收藏下的五支毛笔、一块洮砚交给了娜佳，说："这尺、这笔、这砚我已训教好了吾儿，现传给你，以后教育你们的孩子吧。"

娜佳接过小竹尺和笔砚，用小竹尺在自己的手掌上敲打着，久久、久久没有吱声。

我再次紧紧地拥抱着母亲。

母亲轻轻地说了一句："孩子，人生的道路只有两条，一条去闯、去成功，另一条就是畏缩不前，最后，走进黑暗。到这个世界来，每个人都一样，轻轻地来，轻轻地离去，区别只在于后来还记不记得你……"

听到这，我的泪水情不自禁地流了下来。

我松开母亲，头都不敢再回地往前走。

远远地传来了母亲的呼喊声："去努力吧！我的孩子们……"

第九场　内景　清晨

去机场的车上，娜佳依偎着我轻轻地说道："金，别难过了，我们还会经常回来的，来看望你的母亲。听你说过，她年轻时在国外读医学，可不知道她怎么懂得那么多历史、文化和生活呢？妈妈说了，我下次来，她带我去看西安古城、兵马俑、麦积山、嘉峪关、敦煌石窟……哦！哦！哦！还忘说了，还有大地湾，说是记录人类八千年。"

她接着说："妈妈说她还要带我去北京登天安门、看故宫，上八达岭长城，去前门戏场听京剧、吃烤鸭……还说要带我去上海，游浦江、看外滩、逛大世界……反正妈妈说了，要带我去广州、深圳吃粤菜、买箱包；去苏州、杭州看西湖，游园林；去南京、重庆喝老鸭汤、吃火锅；还要带我去吐鲁番吃葡萄，找那个，找那个王洛宾的儿子，让他带我们去坎儿井，去看舞蹈《达坂城的姑娘》，还要去天池，去看白杨沟，去看博格达山中的岩画……"

听着她的这一通乱叨叨，我的心情好多了。嘴里顺口应着："随你，随你。"

心里不由想起了一首诗，我在车窗上用手指头写着：

人闯万里勇当头，

儿走一里母担忧。

丝路情长扯不断，

成功辉煌把家还。

第二十八集

第一场　外景　白天

从西部回来我把娜佳送回了学校，立马返回到了黑松林。心定则行稳，工作才有劲，早出晚归，业务繁忙。米萨每天都开着他那军用大吉普车接我上下班，同乘一车，共谈一事，我每天与他形影不离，除了工作还是工作。

我忙活着策划、计算，他忙活生产管理。我们之间磨合得越来越好，越来越默契了。

第二场　内景　傍晚

这天工作结束后，米萨走到我桌前，慵懒地靠着我的桌子，问我一句："回去怎么吃饭？"

我淡淡地回答："这个你不用操心，我的厨艺不错呢，哪天你和欧玉到我这来，我给你们露一手，尝尝我的手艺……"

米萨笑着说："金，你个单身汉，还是先到我们家里吃几顿再说吧！你嫂子的手艺也不错呢。"

米萨诚心诚意地邀请我，我也没有再拒绝。

第三场　内景　傍晚

欧阳玉挺着肚子在厨房里忙活着。显然他们已经成功了，米萨生活很幸福。

面对着有些失落的我，米萨微微地笑着，拍了拍我的肩膀，像是在告诫我，不要再悲伤，你也该有个家了。

围坐在餐桌旁，看着米萨无微不至地照顾欧玉，我食不知味，我甚至怀疑米萨邀请我来，就是为了让我看看他们有多幸福。

第四场　外景　黄昏

在黑松林的伐木场，我坐在了曾和姐坐过的地方。

一席静静的小桌、条凳，远处清清的湖面、树丛，甜甜蜜蜜般的气息、富氧。

我把带来的东西杂乱堆放在桌面上，还有那只乌黑的豹牌猎枪。

第五场　回忆　虚化入镜

我和姐坐在这里，眼前的景色一尘未变，还是那张小桌，那个条凳。姐坐在凳子上，我靠在一旁的树上，姐跟我说着什么。

不知道姐又想到了什么，突然她发出铜铃般的笑声。

她的笑声感染了我，我明明不知道姐在笑什么，却跟着姐一起开怀大笑。

那天，我们的笑声合在一起，飘荡在黑松林，惊动了树上的鸟儿，穿透了很远。

我创业的福地——西伯利亚黑松林，还有开启我情爱的无束地，让我一世无法忘记、丢却。

第六场　外景　白天

米萨将黑松林的股份全部给了我，我继续做着木材贸易，源源不断地向着国内、欧洲、中东输送着大量的木材，可以说在满洲里百分之九十的木材，都是由此而去。

优质的松材是做琴板的最好材料，是做雕刻的最好材料，也是做家具、模具和装潢的最好材料。这一点举世公认。

米萨全副身心致力于石油、矿产，做了大量的调研、勘探、开采工作和投资。

这儿他已经打好了一百多口油井，高质量的原油，输进了西伯利亚石油新干线，这让他的财富积攒得更加多、更加快。一日千里，现在的他成了这儿屈指可数的人物之一，成了真正的石油大亨。

他成功了，我也成功了。

这时又让我产生了回去的念头，再去看看姐留恋过的地方，再去找一找我创业生命的灵感。

第七场　外景　黄昏

我给自己批了一周的时间，还认真地安排好了今后一周的工作，毅然决然地，从那寒冷中飞回了昆城。

昆城的暖流让这儿的冬季不是太冷，暖风吹动着波澜，推向了远方。

游人们围在湖面，手里一袋子一袋子的鸟食投向半空之中，那些秀美的红嘴鸥在空中争先恐后啄食着。

游人们啧啧称奇，他们也发现了，飞舞的红嘴鸥的脚上有的戴着一只指环，或金，或银，各式各样……

他们指指点点，说着什么。

我站在那里，嘴里发出了姐教我的鸟语"啾啾……啾……啾啾啾啾……"

声音在鸟儿的争抢中荡漾开来，它们奋不顾身地向着我扑了过来，落在我的头上、身上、肩膀上、手臂上、脚下，又跃起向天空中盘旋……

"你们，还记得她吗？"我念叨着，"还没有忘记，当初姐为了你们而献出了自己的生命。"

红嘴鸥也仿似听懂了我的话，"扑棱扑棱……"全部飞了起来。

声势浩大、惊天动地，湖水也仿似被它们的红白染亮了，也被它们惊动了，树林也仿似被它们惊动了，发出"沙沙"的声音。

推波助澜般地，荡漾着、摇晃着，风儿也不甘寂寞，轻轻吹拂，掀起湖面的涟漪，掀起男人们的情怀，掀起孩子们的欢笑和少女们的心扉。

红嘴鸥优雅的身姿飞舞在当空中，用很奇妙的姿态组合着一个又一个的图案，我愣愣地看着，那个图案，早就在我的内心之中生了根，

特效：红嘴鸥们在蓝天之下，组成了姐的样子，眼睛一眨不眨地看着地面。夕阳的斜晖照耀了过来，鸟儿们变换着位置，她的样子开始发生了变化。她在点头、她在微笑！

可是，我却在流泪、哭泣……仿佛听到油锯伐木的嘶嘶声……

鸟儿的身影开始逐渐地散开，一只接着一只，离开了这里……

我无法阻止我内心之中的追思，也没有办法阻止它们的离开。

你们，还记着。可是我的眼光，随着你们的离开，只有静静地看着、看着……

我的思绪也随着鸟儿飞向了远方。

第八场　内景　白天

回到黑松林后，我去了市场考察。

七天的市场观感，追思、孺慕、创新、悟感……我又学习和思考出一个新的项目，人生最大的收获——用环保技术保护自然，保护生态。

第九场　外景　白天

还没打春，天气还很冷，我带着工人们，也像姐一般地开始在黑松林中到处安置尖顶圆门的鸟屋。

第十场　外景　白天

我又招募了大量的员工，成百上千的人们，每到春天就进山到那采伐过的地方栽树育林。

就是想让即将飞回来的红嘴鸥们不会没有它们的繁殖地，不会让红嘴鸥失去它们的家园，不会让这些小精灵们伤心、哭啼，更不会让这情感之桥在我们这一代人手中断裂……

第十一场　外景　白天

娜佳的父母原先就在苗圃工作，我又动员他们招募了几十位有着育苗经验的员工。

我还投资建起了这儿最大的红松林苗木基地。每年都能向公司提供数以千万计的育林树苗。

第十二场　外景　白天

后来，我也会像姐一样痴迷，跑遍周边的几十个城市，把他们那儿商店的贵金属戒指一扫而空。拉回来，一个个套在幼鸥的腿爪上……放飞出一个个寄托着所有爱护自然、爱护鸟儿们的你、我、他、她……久久久久的心中希冀！

第十三场　外景　白天

我和米萨商量之后，购置了三十多台挖掘机，天暖和后，就开进采区，去把那一个个砍伐后的树根挖出来，再把树坑填平，栽上树苗。

用树根做原料，我们在采区又投资建了一个现代化的干法造纸厂，从建设到竣工，仅仅用了四个月的时间，把挖出来的树根投入水池浸泡，高压喷水除去泥石，切割成块，粉碎造浆，烘干成卷，生产出了最好的新闻纸，销往世界各地。

娜佳回来听说我们用以往丢弃的树根来造纸后，惊诧、激动地说："金，你上的这个项目太好了，又环保，又赚钱，真是名利双收。这个采区有近百年的历史，有数不清的树根资源，按一台挖掘机一天挖二十个树根算，三十多台一天可挖七百多个树根，十天就是七千个树根，一百天就是七万个树根啊，一年按两百天算，怎么也够咱们挖几辈子了，那得造多少纸呀，能赚好多好多数不清的钱啊！"

我轻轻地一笑，看着娜佳说："等我们钱赚多了，把黑松林建成一个大花园。"

一年一年地过去，黑松林的爱鸟育林和环保的故事传遍了整个欧洲、亚洲、美洲……甚至联合国环保组织。

第二十九集

第一场　内景　白天

我打开电脑，电脑屏幕上上显示着我把这儿所做的工作写成的一篇篇在各种媒体上发表的论文，评论区好评如潮，跟帖无数。

我还收到了联合国环保组织发来的信件，表示对我们工作的赞扬与支持。

第二场　内景　白天

娜佳致力于攻读她的硕士学位。

我白天在办公室忙着工作，处理事务。

晚上回家就复习英语、学习日语，闲暇时间攻读了生态学博士，参加了毕业典礼后，又投入了工作。

就这样不站点儿地忙碌着、学习着、工作着，仿佛也像是想用一种盛景去迎接……

第三场　内景　黄昏

我收到一封邮件。

邮件内容是日内瓦国际自然年会向我发来的邀请，让我去那儿做年度主题发言。

我立刻打电话给娜佳，告诉她这件事情。

我打电话给娜佳说："这两周我就去不了你那儿了，我要认真地在家里写发言稿……"

"好的，好的！只是注意身体，别太累着。哦，别忘了，写好的发言稿一定要发给我哟！让我拜读一下、学习一下……"
电话那头的娜佳热情地鼓励着我。

第四场　内景　夜晚

我整天整夜地趴在办公桌上写着，写着黑松林的大、美丽富饶，写着这里的生态好，有着丰富的鸟类和动物资源，写着姐对生命、生活、事业、故乡、家庭的大爱，写着米萨对事业、财富及忠贞的爱情的刻苦追求，写着育林、栽树的人们对每一寸土地亲吻般的热爱，也写着我事业、爱情、梦想……成功后的无比喜悦，更写着欧洲、亚洲、美洲……更多人们对自然的爱护，对鸟儿们的呵护……

就这么写着写着，一天一天……

第五场　内景　夜晚

去日内瓦参会前的三天，我把完成的讲话稿从邮件上发给娜佳，一个小时之后我给她打了电话，"看完了吗？我心爱的娜佳，一定要给我提些意见哟。"

电话那头的娜佳如激、如喜、如啼般地给我讲着："金，写得太好了！写得非常真实、非常生活、非常激情、非常挚爱、非常具有生命力，更非常地让我爱你！我要看着讲稿一同与你走上讲坛！祝福你、祝愿你、亲吻你我的爱人……"

第六场　内景　白天

第二天，经过十多个小时的飞行，我来到了目内瓦。

我向接我的专车司机说："先不去下榻宾馆，请把我直接拉到会场……"

司机会意地点了点头。

第七场　内景　白天

自然年会的大厅里工作人员都在忙碌着，我找到了年会的主席，向他咨询。

"哦，你就是金？博士先生？这次的年会主席团一致通过安排你第一个发言。第一个，也就是首席发言。哦……还忘了告诉你了，主席团还为你专门配备了一个法语翻译，她也是博士哦，来，来，来，我把她介绍给你。"

大会主席团主席一边说一边拉着我往讲台方向走，指着黑板前一位背对着我们，一头披肩金发、身材纤娜、双腿如笋、秀臂如玉的姑娘，她正在黑板上用粉笔写着什么……

越往近越感觉黑板前站的她很熟悉。我的磁场感觉到了在迅速地碰撞、识别、吸附、缠绕，和对方的磁场凝合在了一起。

就在我疑虑重重万分不解的时候，她头都没回突然说话了："欢迎你——金，博士先生，我就是大会主席团指派给你的生物学博士、法语翻译——娜佳。"

话音未落，她转身向我跑了过来，一下子扑到了我的怀里，

紧紧地抱住了我，吻如同雨点，她大声地喊着："金！伢溜布溜……伢溜布……溜（俄语：我爱你）。"

"你？……你？……你们认识？"大会主席团主席惊奇地问道。

娜佳和我异口同声地回复了一句："我们是爱人！"娜佳还举起了那只戴着钻戒的手，向大家展示。

场内所有的工作人员都围了过来为我俩鼓掌、祝贺……

这正是：

久久相爱未能见，

论文一篇再手牵。

荣誉风情千般好，

难抵爱恋在心间。

……

第八场　内景　夜晚

那夜，我和娜佳相拥在写字台前，在讲话稿上又增写了一段：

在这次世界高层的自然论坛上，我又被一只小鸥所迷惑，迷得是那样深，迷得那样真，迷得是那样远……就像我生活的自然那般，就像我生命的音符那般，就像我的财富车轮那般……更像我小屋中那每个角落里的时时拿捏我的精灵——娜佳！

谢谢主席团，让我们俩一同走向了世界的讲坛！谢谢各位女士、谢谢各位先生和朋友们！

写完后，娜佳告诉我："金，我怕配不上你，我怕你对我失望，近两年我一直在努力地学习，我提前半年完成了硕士学业，我又考上了生物学博士，我实现了你的、姐的爱好……"

我对她的这样回答，除去了吻，还能有些什么……

第九场　内景　白天

第二天的发言我们是那般的天衣无缝，发言激扬文字，翻译是准确到位。

演讲完毕，我们站在讲台上，会场中的掌声有节奏地响着，久久不停，走下讲台前，我冲着娜佳大喊一声："回去我们就结婚吧！"

话音未落，娜佳应声答道："可以可以，我愿意！"

这喊声、这应声，又迎来了一片的掌声、口哨声，久久、久久不停……

第十场　外景　白天

回到了黑松林，在所有亲人们、朋友们、工友们的祝福下，我和娜佳结婚了。

那天，身着雪白婚纱的娜佳，楚楚动人，亭亭玉立，在她的俊美中，增加了许多说不出的温馨。

在大家的祝福声中，在婚礼进行曲的音乐声中，我俩缓缓地走进了那幸福的殿堂。

宾客席上，写着米萨和欧阳玉的座位空空如也。

第十一场　内景　白天

米萨在手术室门口急切地走来走去。

不一会儿，手术室里出来一个医生，对米萨说："恭喜，两个儿子，一个女儿。"

米萨激动地瘫在了走廊的凳子上。

第十二场　外景　白天

仪式刚刚结束，我的电话就响了，显示来电的是米萨。

顾不上给宾客们敬酒，我走到僻静处接起电话。

电话里米萨哭了，上气不接下气地说："母子平安，三个孩子。"

第十三场　内景　傍晚

婚礼结束后，我和娜佳换了身衣服就跑到了医院，为米萨和欧玉贺喜。

还没等我进门，米萨一把抱住了我，高兴地说："金，玉帮我一下子生了三个孩子！姆奴噶……姆奴噶……（俄语：很多……很多……）我太高兴了，今天我们没能去参加你们的婚礼，你不会怪我吧！你没有不高兴吧！实在不行的话我们再给你们补办一次婚礼？"

我和娜佳笑着说："我们没有不高兴，听到消息后，我们一直都在替你们高兴，为你和欧玉祝福，为三个宝宝祝福。"

米萨对着娜佳说："你也加油，争取超过她。"米萨指了指欧阳玉。

欧阳玉轻轻地说："希望这三个小家伙给你们做个榜样，带来福气哦。"

娜佳笑了笑，走到婴儿床前，轻轻地抚摸着孩子们的小脚丫，看她那爱不释手的样子，真让人感到温馨。

那一夜，我们努力着，争取超过米萨他们……

第三十集

第一场　外景　黄昏

字幕：二十年后……

冬季，我又来到了昆城，又来到了那池边，又来到了那红嘴鸥的簇拥中，又来到了姐曾朝思暮想的故乡。

我静静地倚着那池边的栏杆，手里夹着那散着青烟的雪茄。

司机毛毛依旧拿着雪茄盒走到我的身边，拿去了那半支雪茄剔灭。

我想起了久藏在衣兜中的碎米，将它撒向了天空……

一年一度相思泪，一丝悲痛一丝情……这情，又源何而久。

哦，那曾经无数次的迷茫、那曾经无数次的情感错位、那曾经无数个百思不解的谜团、那曾经无数次大地纤际的递送……

那山，那林，那水，那满池伸出水面的莲子……

还有那岸边嬉笑、健身、游走、那喂鸟的人们依旧是那么如同一幅幅水彩画般地映入我的脑海之中！过去的，今天的，乃至未来……

第二场 回忆 虚化入镜

娜佳睡眼惺忪地跟我说："我昨天梦到了你和你们西部那儿的一大帮年轻人，嘴上叼着护照，用力地拉着三节旅行大包，通过霍尔果斯口岸，向我渐渐地走来……那天，我和你成交了第一笔生意，我用两个套娃换回了一大堆长筒袜。"

娜佳的笑声中，我发蒙了，"我没有过拉大包的经历呀？还一次成交了两个套娃，什么意思？"

娜佳笑着摇头，"我也不知道。"

第三场 外景 黄昏

孩子的嬉笑声叫醒了我。

我回头，远处娜佳带着我们的两个孩子，嬉笑着、奔跑着。

恍惚中，我好像明白了多年前娜佳的梦，这不是两个小套娃是什么。

我向他们走过去，女儿喊着"爸爸"向我跑来，我伸手抱起了她。

第四场　内景　白天

我们黑松林的公司已经越做越好了，已在当地和纳斯达克同时上市，专业管理团队打点着企业的经营和未来的发展。

画外音：

> 屈指数落几十年，
> 两家琐事几多烦。
> 有爱有恨秋风尽，
> 千帆扬起开大船。
> ……

第五场　内景　夜晚

我们选择了在昆城定居下来，这一切的一切没有其他任何的意思，我们只是想能多替姐爱一爱她的故乡，为那穿梭两地的红嘴鸥多喂几粒米，为这座爱鸟的城市多培养几个继承者……

有了空闲的我，可以抽空写些自己喜欢的东西，刻一刻皮影，练练戏，吹吹埙，唱唱歌……做些自己喜欢做的事儿。

这天，娜佳在家里大扫除，无意中翻出了一个保存完好的木头匣子。

"这是什么？"娜佳自言自语着打开了盒子，入目是我当年与她谈恋爱时往返莫斯科和黑松林的六十多张机票，娜佳红了眼眶。

听到背后我的脚步声，娜佳转头抱住我，哽咽道："你都留着？"

我越过娜佳的肩膀看到那个木头匣子，拍了拍她的背，"当然，这是我们爱情的见证。"

"那我也给你看个东西。"娜佳说着，从柜子里拿出了另一个小木匣，打开，里面是保存完好的一本1989年的《读者文摘》。

"我知道这里面有一篇你的文章，"娜佳接着说，"这是我珍藏的压箱之宝。"

我既惊讶又激动，紧紧地抱着娜佳，有妻如此，何其有幸。

第六场　回忆　虚化入镜

我在红嘴鸥迁徙途中投资建了四五个观测保护站；还在姐曾经就读的那所大学里，建起了红嘴鸥研究基地，所有的标识、LOGO、注册商标，都是那枚像鸟人图腾的皮影挂件图案。

我们的保护和研究让来滇池越冬的红嘴鸥数量翻了几番……

第七场　回忆　虚化入镜

娜佳的论文《白羽对红嘴鸥的保护研究及对她的生态意识的探索》获得了国际环保金鸟奖。

由于娜佳在这个领域里的领军作用，被白羽姐、欧阳玉嫂子就读的那所当地名校聘请为终身教授。

第八场　外景　黄昏

突然，"爸爸、爸爸，妈妈说咱们该回家了！"儿女们的喊叫声让我从那久久、久久的回忆中醒了过来。

"爸爸、爸爸，别老一动不动地坐在那儿，坐久了，就会变成化石，再过许多年化石就会变成恐龙，恐龙就能变成红嘴鸥了……"儿子大声地冒出了这么几句，让我惊奇不已。

这时司机已将车开到了我们的身旁。

第九场　内景　黄昏

我们上车后，司机毛毛轻轻地问了一句："董事长，咱们去哪？"

娜佳说："咱们去吃大学门口的那家老字号的过桥米线吧？"

"哎！天天吃米线，你都成了地道的昆城人了。"我无奈地说了一句。

"好的！好的！我也爱吃！"孩子们喊叫着拍着小手。

突然儿子的小嘴叫道："毛毛哥哥咱们先回家去接奶奶，吃完米线，我还要让奶奶教我练毛笔字呢。"

女儿从她妈妈手里一把抢过电话说："我先给奶奶打个电话。"

我的心头一颤，看着儿子和女儿，和娜佳会意地点了点头。车子在这掌声中、笑声中渐渐地驶去……

第十场　内景　黄昏

家中的电话响起，母亲从卧室出来，接起电话。

"奶奶，奶奶，您换好衣服，换好鞋，等着我们去接您，去吃好香好香的过桥米线……"电话里传来女儿稚嫩的声音。

"好、好。"母亲笑着应下。

字幕：尾声

第十一场　外景　白天

米萨石油股份公司的高产油井已达到了八百多口，他已成为身价十几亿美元的石油大亨，那儿产的优质原油输往四面八方。

和姐长相一模一样的欧阳玉仿佛是一根无形的精神支柱，领着三个孩子支撑着他的这个家。

288

娜佳和欧玉成了好伙伴，隔三岔五地通电话，两个人都成了书法爱好者。欧阳玉也开始教着三个孩子写书法，在欧阳玉和孩子们的影响下，米萨也成了书法爱好者（此处暂不多提）。

娜佳的爸爸妈妈也自觉地加入了呵护小鸥的队伍中，每周都会打来电话向我们讲述着他们每天吹着埙、唱着歌、过着幸福的晚年生活和锻炼身体般的工作。

管理团队每月都会给我打来各种各样的财务报表及业绩汇总，总在向我勾画着一幅幅发展的美景。

第十二场　外景　白天

我在墓区祭奠姐，把一束鲜花放在姐的墓前，我蹲下身，跟姐诉说着这些年的种种。

之后，顺道去白桦市看望那位曾经举荐过我的市长。现在他已成为副省级，那个已升格为地级市的主要领导，每次见面他都会向我描述两岸的憧憬。

果然被他言中，N多年后，这里"一桥飞架南北"……

第十三场　回忆　虚化入镜

我（画外音）：二十多年过去了……

植入快闪镜头：

那提着一篮土豆乘飞机的老妈妈、那吉卜赛美丽的末女和那智慧可亲的部落长老、伊尔库茨克那钢铁的将军，还有那位文质彬彬的议员和红场上的那位善良的女士，如同电影画面般地一次次、一次次地在我脑海中浮现、萦绕，久久、久久……还有那些没被写进书里一位一位的朋友——伊万·伊万诺维奇、科拉索娃、米其尔索娃……他们的那一张张笑脸、一次次的家庭美餐，也永远、永远地记在我的心中。

音乐起，唱响主题歌：

无数红嘴鸥们的舞动、翱翔……飞向远方。

主题歌字幕：

天上的星星亮晶晶，那是红嘴鸥在眨眼睛
天上的白云飘呀飘，那是红嘴鸥在梳羽毛
天上的晚霞红彤彤，滇池的红嘴鸥天际行
……

全剧终
2020 年 8 月改编于金城嫠寮